Los niños de altamar

Los niños de altamar

Virginia Tangvald

Traducción del francés de
Regina López Muñoz

Lumen
narrativa

Papel certificado por el Forest Stewardship Council®

Primera edición: marzo de 2025

Título original: *Les Enfants du large*

© 2024, Éditions Jean-Claude Lattès
© 2025, Penguin Random House Grupo Editorial, S. A. U.
Travessera de Gràcia, 47-49. 08021 Barcelona
© 2025, Regina López Muñoz, por la traducción

Penguin Random House Grupo Editorial apoya la protección de la propiedad intelectual. La propiedad intelectual estimula la creatividad, defiende la diversidad en el ámbito de las ideas y el conocimiento, promueve la libre expresión y favorece una cultura viva. Gracias por comprar una edición autorizada de este libro y por respetar las leyes de propiedad intelectual al no reproducir ni distribuir ninguna parte de esta obra por ningún medio sin permiso. Al hacerlo está respaldando a los autores y permitiendo que PRHGE continúe publicando libros para todos los lectores. De conformidad con lo dispuesto en el artículo 67.3 del Real Decreto Ley 24/2021, de 2 de noviembre, PRHGE se reserva expresamente los derechos de reproducción y de uso de esta obra y de todos sus elementos mediante medios de lectura mecánica y otros medios adecuados a tal fin. Diríjase a CEDRO (Centro Español de Derechos Reprográficos, http://www.cedro.org) si necesita reproducir algún fragmento de esta obra.
En caso de necesidad, contacte con: seguridadproductos@penguinrandomhouse.com

Printed in Spain – Impreso en España

ISBN: 978-84-264-3178-3
Depósito legal: B-660-2025

Compuesto en M. I. Maquetación, S. L.

Impreso en Unigraf, S. L., Móstoles (Madrid)

H431783

*A mi hermana Carmen, la niña
que bailaba en la cubierta*

A mi madre, que me dio la vida dos veces

A Youssef, a Orphée, al porvenir

1

Isla de Bonaire, costa oriental, julio de 1991

Un cangrejo azul, viscoso y reluciente, plantado en las rocas. Los niños lo han visto, se acercan despacio. Son tres. El coral hiere como un puñal. Basta con rozarlo para que la carne sangre. Procuran no cortarse. El coral murió hace tiempo; esqueletos blancos y quebradizos que estiran sus brazos hacia el cielo como si no supieran que están muertos. Crujen bajo los pies infantiles, sus añicos se desparraman con un tintineo de campanilla. El cangrejo echa a correr y desaparece entre las grietas.

Las risas de los niños se confunden con el viento. Tienen la piel pegajosa y los labios salados. Entre cada ola que rompe en el litoral, la bruma queda suspendida en el aire, inmóvil y chispeante al sol. El viento es tan constante que no son conscientes del calor. Si no tienen cuidado, acabarán aturdidos.

Los alisios, cálidos y cargados de sal, llegan de lejos. Se oye su fragor en mar abierto igual que un enjambre inquietante. Han atravesado el Atlántico y desembocan en la isla en un flujo continuo y poderoso. Devoran todo a su paso. Los niños gritan para hacerse oír, pero el viento se lo lleva todo consigo, sus palabras y hasta sus pensamientos.

Han ido a perderse por la costa oriental de la isla, salvaje y hostil. En ella, los árboles solo sobreviven reptando. El litoral está sembrado de desechos traídos por la marea: hay varados tapones de botellas, zapatos, maderos flotantes, baratijas.

La línea costera es tan llana que de noche se confunde con el océano. Muchos barcos naufragaron antes de que se construyera el faro. Cuenta una leyenda que las sirenas atraían a las embarcaciones hacia estas aguas traicioneras para que los habitantes de la isla pudieran subsistir saqueando los pecios despanzurrados en la playa.

Los cangrejos han desaparecido. Los niños siguen su camino dando puntapiés a los objetos desperdigados. De pronto, un blanco resplandor en el agua cristalina; hay una silueta atrapada en los arrecifes. Acuden corriendo. El océano les trae algo.

Un vestido azul empolvado con volantes se deja zarandear sin oponer resistencia. Un cuerpo que flota. Un cuerpo menudo de una blancura radiante, salpicado de musgo verde. Ya no tiene cabello. Ya no tiene cara. Los niños echan a correr despavoridos.

Es el cadáver de mi hermana Carmen.

* * *

Era la única que faltaba por encontrar. El cuerpo de nuestro padre había sido hallado ya al día siguiente del naufragio, ocurrido tres días antes. Mi hermano, Thomas, era el único superviviente.

Fue la mujer del campesino la que llamó a la policía. Al amanecer, su marido había sorprendido en el jardín a un ado-

lescente desnudo y ensangrentado que buscaba «a los demás».
¿Habían llegado ya?

Habían naufragado durante la noche. Una noche sin luna.
El chico tuvo que esperar al alba en el agua negra, sumido en
la oscuridad más absoluta. Con los primeros brillos del día
escaló el muro de coral y atravesó descalzo la llanura desérti-
ca y cubierta de cactus en dirección a la única vivienda visible
desde la costa, con el cuerpo completamente torturado.

El campesino lo sentó en una mecedora y le dio café caliente y una manta. Lo dejó solo un momento para subir a
buscarle algo de ropa y despertar a su esposa. Cuando bajaron
juntos, el chico estaba meciéndose con la mirada perdida. Estaba tranquilo, terriblemente tranquilo. Los bucles rubios de
su pelo, sus facciones delicadas como de niña y sus ojos azules
recordaban a un ángel maculado. La visión del chico había
dejado atónito al campesino, que no sabía qué otra cosa hacer
aparte de observarlo, pasmado, debatiéndose entre la lástima
y el espanto mientras su mujer llamaba a los servicios de emergencias.

Ella intentó recopilar como pudo los retazos de la historia
que refería el muchacho. Había dos barcos. En el primero, su
padre y su hermana, él en el segundo. Algo salió mal. Tal vez
el faro no funcionaba. Tal vez el padre se había desmayado. Se
habían estrellado contra los arrecifes. Estaba buscando a su
hermana y a su padre.

Cuando los servicios de emergencias se llevaron al chico, el
campesino fue a ver lo que quedaba de la embarcación en los
arrecifes. Un barco de madera de cuarenta y cinco pies destrozado. Restos de sangre en la arena por donde había pisado el

muchacho. Aquí y allá varias prendas de ropa, una cacerola, un cronómetro marino. Encontrará una pequeña sandalia blanca de niña y otra de hombre de cuero pardo. Nunca sabrá por qué, pero se las llevará consigo maquinalmente y las clavará a una viga en la entrada del cobertizo del fondo del jardín.

Treinta años más tarde yo descubriría estupefacta esas sandalias clavadas a la viga, devoradas por el aire salino y el tiempo. Una visión terrorífica que se me representó como una amenaza: «No entres aquí. No entres en esta historia. La muerte te acecha. La muerte te espera».

* * *

Mrs. Elizabeth Moore
Embajada de Estados Unidos
Prefectura de Bonaire

Lunes, 29 de julio de 1991

Estimada embajadora:
Le escribo a propósito de una tragedia acaecida en Bonaire a una familia que vive a bordo de dos embarcaciones que acaban de naufragar en nuestras costas.
Según el testimonio de Thomas Tangvald, único superviviente, en el primer barco, el Artémis de Pythéas, iban su padre y su hermana. Thomas Tangvald iba en su propio barco, remolcado por el Artémis de Pythéas mediante un cabo.

Las dos embarcaciones han quedado completamente destruidas. No hay documentos que permitan confirmar la identidad de los dos cadáveres hallados. Solo Thomas Tangvald ha podido identificarlos formalmente como Per Tangvald (quien responde asimismo a los nombres de pila Peter y Pierre), nacido en Oslo en 1924, y su hija, Carmen Tangvald, nacida en Horta en 1983. Per Tangvald obtuvo la nacionalidad estadounidense cuando vivió en este país en la década de los cincuenta.

Thomas Tangvald, de tan solo quince años, se encuentra en estado de shock. Lo tenemos ingresado en el hospital por no saber a qué autoridad entregarlo. Thomas declara haber nacido en el océano Índico. Su madre, Lydia Balta, nacida en altamar en Nueva Caledonia en 1953, está fallecida, al igual que la madre de Carmen, Ann Ho Chau, nacida en Malasia en 1946.

En estos momentos buscamos a la última esposa de Per, Florence Tangvald, nacida en Bélgica en 1967, así como a la hija de ambos, Virginia Tangvald, nacida en el mar de las Antillas en 1986. La pareja estaba separada y no tenían contacto desde hacía varios años. Thomas no sabe dónde viven en la actualidad.

No parece que Thomas tenga más familia. No obstante, nos ha facilitado los datos de su padrino y su esposa, Edward y Clare Allcard, que ya han sido informados de la situación y preparan su viaje inminente a Bonaire.

Solicitamos su colaboración para que se le expida un pasaporte estadounidense a Thomas Tangvald, hijo de ciudadano de Estados Unidos.

Gracias,

El prefecto de Kralendijk

* * *

La historia del naufragio y del joven huérfano que sobrevivió circuló rápidamente por toda la isla y consternó a sus habitantes. A diario bordeaban la costa por decenas con la esperanza de reunir lo que había quedado del Artémis para restituírselo a Thomas cuando saliera del hospital.

La gente se preguntaba qué andaban haciendo en aquella parte de la isla en temporada de ciclones. El accidente era inexplicable. Peter conocía bien la zona. La había navegado a menudo. Algunos recordaban a aquella familia nómada que echaba el ancla siempre a lo lejos. Habían dado la vuelta al mundo varias veces hasta el día en que este se cerró sobre ellos. Ya no había más tierras nuevas por descubrir. Ya solo les quedaba vagar de puerto en puerto. El padre era taciturno. Se acercaba al muelle en un bote de remos para hacer acopio de provisiones y pasar por la oficina de correos y se marchaba enseguida. Los lugareños se acordaban sobre todo de la niña, Carmen, cuya frágil silueta veían bailar en la cubierta.

¿Por qué tomó Peter aquella ruta tan peligrosa? Algunos formularon la hipótesis del suicidio. Otros llegaban incluso a preguntarse si no los habría matado el niño. Al padre no se le practicaría autopsia. Imposible, a tenor del estado en que fue hallado el cadáver; bocarriba, empalado por los corales, la cabeza destrozada. La única certeza era que la pequeña había muerto ahogada. Tenía agua en los pulmones.

* * *

En un rincón de la habitación hospitalaria de Thomas se acumulaban algunos objetos de la vida a bordo: un recipiente hermético con diapositivas, un chubasquero, un bolsito rojo infantil, etcétera. Los vecinos los dejaban en recepción con la esperanza de atisbar al chico a través de la puerta del cuarto.

Tenía esa aura astral que hacía difícil determinar su edad. Era delgado y ágil, sus rasgos delicados expresaban en ocasiones desconcierto, inocencia o un estado contemplativo impropio de su edad. Muy a su pesar, los auxiliares de enfermería experimentaban en su presencia una especie de amenaza difusa. Una extraña impresión que trataban de ahuyentar inmediatamente ante aquel crío salido de la nada y naufragado a sus pies.

Al principio dibujó. Un barco, olas, arrecifes. A una enfermera se le había ocurrido darle papel y lápices. Luego, poco a poco, Thomas empezó a contar aquella noche. Hablaba de una noche sin luna, de una oscuridad total. De un cielo negro como un terciopelo infinito por encima de su cabeza. Salió a cubierta cuando notó que las olas crecían y vio a lo lejos la espantosa línea blanca que formaba la espuma contra un litoral invisible. No entendía por qué el Artémis no alteraba el rumbo, por qué seguía recto hacia la costa, inexorablemente. Distinguió a su padre en cubierta, alumbrando las aguas a su alrededor con ayuda de una linterna, antes de precipitarse en la bodega por última vez.

Cuando vio el barco estrellarse y oyó el estruendo ensordecedor de la madera quebrada se tiró al agua con su tabla de windsurf. Con el primer impacto, el palo mayor se partió en dos. La jarcia tensada que unía los dos barcos se soltó de repente. Flotando en el agua tibia, el chico contempló cómo el mar se tragaba la estructura de la embarcación y la escupía de nuevo sobre los arrecifes, haciendo resonar una vez más el siniestro crujido de la madera. Cada ola reiteraba este motivo. Thomas oía a su hermana gritar por encima del fragor. Sabía que estaba encerrada en la cabina delantera. Cuando los gritos cesaron, entendió que la cabina se había anegado. Ya solo quedaba él entre el oleaje negro e indiferente. Aquella noche, hasta la luna y las estrellas que lo habían acompañado toda su vida lo abandonaron.

Ahora duerme. Sus heridas empiezan a cicatrizar. Duerme profundamente a pesar de la luz pálida de los fluorescentes y el zumbido de las máquinas del hospital.

* * *

Clare ha venido a buscar a Thomas en cuanto las autoridades contactaron con ella en calidad de amiga de Peter. Mira al chico a través del retrovisor. Su cara no manifiesta ninguna emoción y la cabeza se balancea a merced de la carretera amarilla y polvorienta.

Solares y campos de tiro se suceden hasta el infinito entre el pueblo y el litoral. Unos cactus gigantes bordean el camino, manos de esqueletos que brotan del suelo e imploran al cielo. Es el camino que Thomas tomó cuando echó a andar en dirección a la finca. Se acuerda del rumor del viento que se colaba despacio entre las zarpas de los cactus, como una culebra pesada e invisible.

La costa aparece de pronto detrás de la última curva. Una puerta al infierno, piensa Clare saliendo del coche. Nunca ha visto un arrecife tan endemoniado.

Thomas toma la delantera. En la playa deja de ser el niño celeste que ella ha visto en un primer momento. Se mueve igual que un perro de caza nervioso al olfatear una presa. Sabe exactamente adónde ir. Las rocas calizas se desintegran como tiza bajo sus pasos. No presta atención a las carcasas nacaradas de asnos salvajes, purificadas por el sol y las aves carroñeras, que salpican la extensión que separa la carretera del océano. Las olas se vuelven ensordecedoras a medida que avanzan. El mar, movido por una fuerza ineluctable, rompe en un arrecife en una secuencia sin fin, furioso y espumeante, parecido a la noche del naufragio, hipnótico, repetitivo como una canción de cuna.

Thomas encuentra el pecio, del que solo quedan astillas de madera dispersas flotando en los profundos y relucientes cráteres de coral. Recoge unas cuantas y las examina en las palmas de las manos antes de lanzarlas al aire. Continúa mostrándose terriblemente tranquilo.

✳ ✳ ✳

Mi madre rompía las cartas de mi padre nada más recibirlas. Los pedazos de papel esparcidos por el suelo eran alas blancas y frágiles arrancadas a mariposas. Lloraba enroscada sobre sí misma, la cabeza gacha, la cara oculta entre las manos. Parecía una fuente triste con sus largos cabellos castaños y brillantes que se le derramaban alrededor de los hombros. Yo sabía que algo pasaba pero no entendía el qué. Tenía la sensación de que la pena la petrificaba. Mis manitas frenéticas buscaban en su cuerpo una brecha por la que desovillarla. La llamaba, presa del pánico. Quería estrecharla entre mis brazos, sostener su cara entre las palmas de mis manos, pero ella no me oía. Al final iba a tumbarme en el armario, a puerta cerrada. No sé si era gracias al silencio, a la perfecta oscuridad o a la falta de oxígeno, pero allí podía abandonarme.

Cuando ella salía de su trance, metía las trizas de la carta en un bolso de piel azul que guardaba debajo de la cama y fingía que no había pasado nada. Más tarde, a escondidas, yo sacaba los papeles del bolso para ver la caligrafía de mi padre y los dibujos de mi hermana en el reverso. Uno de ellos representaba a mi madre embarazada de mí: una silueta garrapateada de rojo, el pelo como una bola de sangre, y otra a la altura del vientre. «Mamá con bebé en la tripa». Mi padre nos imploraba que volviéramos. No soportaba que pudiéramos huir de él.

Mi madre lo abandonó obedeciendo a un impulso, sin previo aviso, en Puerto Rico, cuando yo tenía dos años. Llamó a su madre desde una cabina de teléfonos para pedirle que le comprara un billete de avión y subió al primer vuelo a Toronto para reunirse con ella. Ya estaba lejos cuando mi padre entendió que se había marchado. A ella no le gustaba esa ciudad. Decía una y otra vez que pronto nos iríamos, en cuanto averiguase dónde le gustaría vivir y qué hacer con su vida. Tenía veintidós años.

Un día, las cartas dejaron de llegar.

Una noche me llevó a un restaurante de paredes tapizadas de terciopelo rojo. Observaba hasta el último de mis gestos tratando de adivinar qué me complacería, ofreciéndome beber leche o limonada. Me escudriñó largo rato, como si descubriera mi rostro a la vez que se preparaba para romper mi pequeño corazón.

—Tengo que contarte una cosa, y no es fácil —arrancó con voz muy dulce—. Lo siento mucho, vida mía, el barco ha naufragado. Tu padre y Carmen han muerto.

No sé qué mirada imploraba más a la otra en aquel momento suspendido entre la negación y la consternación. Me pareció que entre el mundo y yo caía un velo. Que por primera vez, en aquel restaurante en un semisótano de decoración recargada, lo veía tal como era. Habían muerto el año anterior, añadió mi madre. Una amiga se había enterado leyendo un artículo publicado en una revista de vela, entre una receta de flan al ron y un anuncio de barras de labios.

Hasta entonces siempre había existido dentro de mí un lugar, como una isla tropical, donde el resto de mi familia me esperaba y el viento era siempre cálido. Un espacio que me dejaba imaginar que solo estaba de paso en el extrarradio de Toronto.

—Pero... yo creía que volvería a verlos algún día.

Eso fue lo que me oí responder, sumida en la esperanza inútil de una vuelta atrás. Como si hubiera alguna manera de retroceder hasta antes del drama. Quise mantener la muerte a distancia el mayor tiempo posible antes de que anclara en su objetivo, pero veía ya mi isla en llamas, los tucanes alzando el vuelo entre el humo, las palmeras abrasadas y crepitantes. Ceniza por todas partes. Me eché a llorar. Los ojos de mi madre brillaban también como el cristal. En el momento en que el camarero me puso delante el vaso de leche, ella me sugirió que fuese al baño a secarme las lágrimas.

Atravesé la sala mirando a la gente que cenaba a nuestro alrededor y reía a la luz de las velas. Yo nunca formaría parte de ese mundo. Pasé junto a las estatuas de gnomos que decoraban el restaurante, sus rostros desfigurados por risas grotescas. Eran del tamaño de un niño. De mi tamaño.

Estábamos allí definitivamente.

Me dijeron que no se sabía lo que les había pasado. Que la tragedia era incomprensible. Que mi padre debía de haber cometido un error de cálculo. Que el barco se había ido a pique y que Thomas había sobrevivido encaramándose al mástil. Que había flotado solo en el mar y lo había socorrido un barco que pasaba por allí. Tal vez se creyeron peces y se lanzaron al agua. Me dijeron disparates. Y en aquellos disparates se disolvió la realidad. No había muerte, y por lo tanto no había vida. Solo historias errantes a mi alrededor. Nadie parecía saber quién era mi padre. Ni siquiera quienes lo habían conocido mejor. El artículo por el que nos enteramos del naufragio llevaba por titular: «Fallecidos en el mar: la tragedia se ensaña de nuevo con Peter Tangvald y su hija». En la portada aparecía una foto de él con el torso al aire, mirando a lo lejos, con un bebé apretado contra el pecho. Solo que el bebé no era mi hermana; era yo.

Así viviría mucho tiempo, con ellos, entre fantasmas. Tanto tiempo y con tanta intensidad que tal vez yo misma me convertí en fantasma. Un pie en el mundo de los vivos, un pie en el mundo de los muertos.

* * *

El artículo presenta el naufragio como el punto final a veintisiete años de epopeya para aquel que recibía el sobrenombre de «el marino más triste del mundo», uno de los últimos supervivientes que encarnaron la «generación Ulises», una hornada de navegantes surgida tras la Segunda Guerra Mundial y compuesta por auténticos aventureros en busca de una experiencia individual profunda y dispuestos a poner en peligro su vida con tal de encontrarla.

Redescubro que mi padre construyó su barco con sus propias manos partiendo de árboles que él mismo seleccionó en la selva guayanesa. Que a continuación su destino dio un vuelco cuando, camino de Australia, en la costa de Borneo, su mujer y madre del hijo de ambos, Thomas, fue asesinada por unos piratas. Que en 1985 perdió en altamar a una segunda esposa que cayó por la borda durante una travesía por el Atlántico. No sabía nadar y desapareció entre las olas. Era la madre de Carmen.

La periodista que redacta el texto había coincidido varias veces con mi padre en Puerto Rico. Reconoce que era fácil entender por qué todas aquellas jóvenes se habían sentido atraídas por él. Con sesenta y cinco años era un hombre aún muy apuesto, con hechuras de vikingo nórdico: alto, delgado y muy atlético, de pelo rubio y ojos azul cielo. Sobre todo, aparentaba una confianza absoluta en sí mismo. Sin vanidad, una sencilla y total seguridad en su persona.

Menciona a un Thomas de trece años tímido y raro que sin embargo se iluminaba cuando se hablaba de arquitectura naval y que demostraba conocimientos y aptitudes muy avanzados para su edad. Describe a Carmen, de seis años, como una criatura de una belleza enternecedora con su piel aceitunada y sus ojos almendrados.

Alude a mi madre, que se marchó con la bebé. La primera vez que la periodista coincidió con Peter, ella estaba aún a su lado, muy guapa, con su larga melena castaña y sus mejillas redondeadas. Una chiquilla. Según él, desapareció de la noche a la mañana. Decidió irse con su madre a Canadá. Donde yo crecí, sin ellos.

2

Puerto Rico, 2006

Fui a ver a mi hermano Thomas en cuanto pude, con veinte años.

El torpor del clima tropical me fulminó nada más salir del avión en San Juan. De inmediato me cautivó la franqueza del sol, la pesadez del aire, el bullicio de los grillos y el cielo azul inmaculado atravesado por imponentes palmeras. Las sensaciones sepultadas de mis primeros años de vida resurgieron y se entremezclaron con los vapores ondulantes del asfalto abrasador. Me reencontraba por primera vez con mi tierra natal. Antes de cruzar el umbral del aeropuerto hice una parada en el aseo para aplacar los nervios y echarme agua en la cara. Perdí de vista tanto a mi hermano como esta isla cuando mi madre huyó de nuestro padre. Esa colisión tan esperada entre el pasado y el presente me daba vértigo. Estaba deseando volver a verlo.

Las cartas que me había mandado a lo largo de mi infancia eran extremadamente luminosas. Me preguntaba por el colegio y me hablaba de su vida en el mar. En una de ellas, en la que ensalzaba las virtudes de la naturaleza, me dibujó un sauce llorón en la ribera de un lago. Sus raíces sinuosas parecían entremezclarse justo por encima del suelo para fabricar el tronco. Dibujó centenares de hojas alargadas y finas en unas ramas curvas cuyas puntas desaparecían en el agua. También me hizo llegar una foto de él en su barco, mirando fijamente a cámara con aire pícaro. Parecía un dios escandinavo, con sus rastas rubias larguísimas y el azul infinito de sus ojos que se confundía con el del mar. En una ocasión me describió la escena de mi nacimiento en el barco, cuando él cortó el cordón umbilical que luego utilizó como marcapáginas.

Por las noches no pegaba ojo de tan intenso como era mi sueño de reunirme con él. De estar por fin en aquel amarradero que me unía a nuestro padre, a esa parte de mí que desapareció con él en el naufragio. Me parecía haber perdido también mi patria.

Thomas me esperaba. Nos reconocimos de lejos en la puerta del aeropuerto. Su emoción era perceptible a pesar de las gafas de sol. Era más bajo que en mi imaginación, yo que me lo representaba tan alto como nuestro padre. Me abalancé a sus brazos y nos estrechamos con mucha fuerza un rato largo. Olía a alcohol.

Iba acompañado de un amigo, Esteban, un hombre flaco de pelo largo negro recogido en una cola de caballo y piel morena cubierta de cicatrices. Esteban me recibió con una ternura que contrastaba curiosamente con su aspecto. Me sondeó con ojos apenados e inquietos. Habían ido a buscarme en un coche viejo, un Chrysler color crema de los años ochenta, con capota de vinilo y tapicería de terciopelo rojo que apestaba a tabaco. La mujer de mi hermano, Christina, lo había heredado de su padre, un poeta italiano fallecido unos meses antes. Adoré al instante el aspecto romántico y un poco ajado de aquel coche, al más puro estilo del viejo Hollywood. Thomas afirmaba que se parecía más bien a un hombre mayor que se empeñaba en conservarse sexi.

Mi hermano tenía planeada para la mañana siguiente una travesía en ferry hasta Vieques, una islita vecina a Puerto Rico que luchaba contra un problema de proliferación de caballos salvajes errantes, que pastaban las flores de todos los jardines y galopaban por las calles más concurridas. Mi hermano había decidido construir una pequeña granja para su nueva familia en esa isla cuando nació su hijo Gaston.

Esteban conducía a toda mecha por la carretera sin asfaltar. Yo observaba el paisaje desfilar desde el asiento de atrás y escuchaba a mi hermano hablando en español, cada vez más nervioso. Su amigo contestaba de forma lacónica y tranquilizadora sin dejar de espiarme por el retrovisor. Mi hermano exponía un relato a toda velocidad en esa lengua en la que yo me defendía mal. Su energía resultaba perturbadora. Apoyaba su narración con amplios movimientos de los brazos y palmadas para representar algo espectacular y aterrador. Retazo a retazo, logré entender que hablaba de nuestro padre y de cómo la noche del naufragio él vio su cuerpo triturado entre los arrecifes y el barco, el cerebro derramándose del cráneo. Cada ola succionaba y escupía de nuevo los restos de la embarcación para volver a aplastarlo sin cesar. Sus brazos describían la furia del océano y cada manotazo representaba la ola que espachurraba el cuerpo. Lo vi unir las palmas una, y otra, y otra vez.

Nos detuvimos en una placita sombreada del casco antiguo de San Juan. Yo observaba los ademanes nerviosos de mi hermano, su cuerpo rígido y nudoso, y cómo lanzaba constantemente miradas por encima de su hombro. Nos quedamos allí mucho rato, sin que yo entendiera qué esperábamos. Él eludía todas mis preguntas. Estaba hambrienta y empezaba a temer que no dispusiéramos de un sitio donde pasar la noche antes de subir al ferry. Al cabo de varias horas, de buenas a primeras, decidieron que nos marchábamos. Fuimos hasta una construcción muy bonita de estilo colonial y entramos a través de la ventana de un apartamento grande que había en la planta de arriba. Una vez dentro no encendieron las luces, prefirieron moverse en la penumbra.

En el salón, Thomas me señaló un rincón para dormir en el suelo, como cuando éramos pequeños. Buscando un poco de luz, me senté en las baldosas azules del balcón, donde flotaba un perfume a azucenas, mientras él registraba la cocina en busca de algo para beber. Nos sirvió a cada uno un vaso de vodka a palo seco que me quemó la garganta. Estaba con los nervios a flor de piel, perdido en su propio torrente de palabras. Su conversación, que no iba a ninguna parte, me dejaba agotada. Me conformé con dirigirle una sonrisa triste. Le reprochaba a mi madre que hubiese abandonado a nuestro padre. «¡Una mujer ha de estar ahí pase lo que pase!», machacaba con convicción. No tenía sentido debatir con él mientras no se le pasara la borrachera.

De nuevo me abrazó, susurrándome que intuía en mi voz un miedo descomunal. No le faltaba razón. Yo vivía en un estado de constante pavor. Me sentía desnuda en medio de una llanura blanca, yerma y vacía, jalonada de pájaros muertos, una imagen que se me revelaba cada vez que tenía frío. Y tenía frío a menudo. Me daba miedo permanecer toda mi vida sin patria, sin raíces, sin identidad. Buscaba a alguien que por fin se pareciera un poco a mí y con quien me sintiera en casa, protegida y abrigada. Intenté escabullirme en varias ocasiones, pero cada vez que Thomas me perdía de vista me llamaba: «¡Virginia! ¡Virginia!». Yo sentía el peso de toda su desesperación en el mantra de mi nombre de pila. Oía a lo lejos los ruidos de la ciudad nocturna, el reguetón y las risas de la gente que salía de las discotecas. Su cuerpo se volvía más pesado a medida que iba acumulando copas. Thomas bebió y peroró hasta desplomarse en el balcón. Esteban me confesó que para mi hermano era difícil verme porque cuando me miraba se le aparecía el rostro de nuestro padre. Antes de irse del apartamento me dio su número por si pasaba algo y me dejó sola con el cuerpo inerte de mi hermano en el suelo. Contemplé aquel naufragio bajo el calor sofocante de la noche puertorriqueña. Por fin tenía ante mí una cara que se asemejaba a la mía. Nuestras respectivas soledades eran inmensas como una catedral. Cuántos años de mar nos separaban ya. Había esperado demasiado para reunirme con él. En aquella nada, en aquella soledad que engendró mi deseo obsesivo por encontrarlo, se me aparecía ahora otra cosa, demasiado imprecisa para identificarla. La sospecha de una proximidad profunda entre nosotros, acompañada de una fascinación por lo funesto. Algo terrible e inconfesable me subió entonces por el cuerpo, un olor rancio a hierro y sangre combinado con la extraña sensación de que iba a morir en sus manos.

Me acosté vestida, dejando los zapatos y la maleta a mi vera, dispuesta a escapar durante la noche. Aquella poderosa intuición no se basaba más que en la angustia que percibía en él cuando pronunciaba mi nombre. Al final me faltó valor para marcharme. Me quedé dormida.

A la mañana siguiente mi hermano me despertó presa del pánico. «¡Virginia! ¡Espabila!». Ya estaba dejando caer mi maleta por la ventana cuando abrí los ojos. Se nos habían pegado las sábanas e íbamos a perder el ferry. Como me había acostado con la ropa puesta, dos minutos más tarde circulábamos ya en dirección al puerto de Fajardo, a una hora de donde nos encontrábamos. Zigzagueábamos entre casas de colores vivos, por unas calles empedradas que yo descubría a la luz del día.

Iba al lado de Thomas, en el asiento del copiloto. Una vez que dejamos atrás las piedras antiguas de la muralla tomamos el puente por el que se llegaba a Fajardo. Apareció el Atlántico y oí que el motor rugía. Mi hermano por fin era libre de coger toda la velocidad que le permitía el vehículo. Mi pelo revoloteaba con el aire marino que entraba por las ventanillas entreabiertas. Thomas entornaba los ojos buscando desesperadamente la salida que nos llevaría a buen puerto, pero los rayos del sol hacían centellear las señales de tráfico hasta el punto de volverlas cegadoras.

«¡Fajardo!», exclamó antes de dar un volantazo brusco para atravesar media docena de carriles en diagonal. El coche no tenía retrovisores. Mi hermano no se volvió para comprobar si venía algún vehículo. Debería haber empezado a asustarme, pero la velocidad me embriagaba.

Acabamos cruzándonos en la trayectoria de un coche que nos embistió de lleno. Un ruido sordo y metálico seguido de un silencio envolvente. En aquel momento en suspenso, mientras el Chrysler daba vueltas de campana, en el universo únicamente existíamos mi hermano y yo. El mundo se resumía en nuestro reencuentro, en la unión eterna entre ambos. No sentí el impacto de mi cabeza en la ventanilla del copiloto cuando el coche se estampó contra el muro. Tan violento fue el golpe que el cristal se rompió en varios trozos cortantes. Vi mi camiseta morada cubierta de sangre. El parasol se balanceaba y mi reflejo fluctuaba en el espejito de cortesía. Mi cara estaba lívida, las gotas rojas se apelmazaban en mis pestañas alrededor del azul de mis ojos. Mi hermano, el salpicadero blanco, los asientos de terciopelo, todo brillaba de sangre. Recuerdo que la escena me pareció de una gran belleza. Recuerdo mi fascinación por aquel color escarlata y los gritos desesperados de mi hermano: «¡Virginia! Ay, Dios mío, ¡Virginia! ¡Lo siento muchísimo!». Sentí sus manos agarrando mi cabeza y arrojando por la ventanilla las esquirlas de cristal más grandes que me arrancaba del cuero cabelludo. Las oía hacerse añicos contra el asfalto. «¡No ha sido para tanto!», exclamó. Entonces fui consciente de que toda la sangre que había en el interior del coche era mía.

La grúa llegó antes que la ambulancia y el gruista, incrédulo, se acercó a inspeccionar el siniestro. Nunca, en veinte años de carrera, había visto a nadie sobrevivir a un accidente semejante. El coche estaba completamente destrozado. Esperamos media hora hasta que llegaron los paramédicos. El miedo se instaló, disipando el trance que me había aturdido hasta entonces. Temía sobre todo que un cristal se me hubiera quedado clavado en el cerebro. Cuando el paramédico se acercó, me dedicó un «¡Qué linda eres!» en tono desenfadado, como si aquello fuese una cita a ciegas. Lo agarré por el brazo; llevábamos tanto rato esperando que me dio por pensar que me dejarían morir allí mismo. Al inclinarse sobre mis heridas dejó escapar un «¡Puta madre!». Le pregunté: «¿Cree que me quedarán secuelas?». Opinó que sí. Me dio su número antes de dejarme en urgencias.

A la salida del hospital, Thomas me esperaba con Christina, que mecía con nerviosismo al bebé. Salí milagrosamente ilesa salvo por unos cuantos puntos en el cuero cabelludo y el hombro. La sangre se me había secado en el pelo, formando grandes rizos de color óxido que olían a hierro. El médico se mostró casi tan incrédulo como el conductor de la grúa acerca de mi estado. Mi hermano estaba completamente indemne. Con la mirada fija en el suelo, abatido, sostenía un paquete de caramelos cerrado con una cinta en cuyo extremo había atado un globo con lentejuelas moradas que flotaba silenciosamente por encima de su cabeza. Habían previsto una gran fiesta con todos sus amigos para celebrar nuestro reencuentro.

Ivelisse, la madre de Christina, nos acogió en su casa esa noche. Esa misma tarde remolcaron hasta su jardín lo que había quedado del coche blanco. Thomas estaba hecho polvo. Yo no le guardaba rencor por el accidente. En absoluto. Lo quería más aún. Lo entendía mejor de lo que él imaginaba. Antes de meterme en la cama fui a darle las buenas noches. En el momento en que me acercaba, una expresión de estupefacción y dolor le ensombreció el semblante. Lo abracé y murmuré: «Buenas noches, Thomas. Te quiero». Su cara se estremecía, se agrietaba como si estuvieran a punto de abrirse cráteres en su piel.

Al día siguiente salí a hacer unas compras y, con toda la pena de mi corazón, decidí no volver jamás. Yo quería vivir.

3

La nieve había empezado a derretirse en Montreal. Su blanco destello daba paso a un fango arenoso que revelaba la basura y los excrementos de perro que se habían acumulado a lo largo de todo el invierno. Reanudé mi vida, vagando con el piloto automático activado entre las clases de guitarra clásica de la universidad y mi empleo como camarera.

Los lunes a las ocho de la mañana ascendía la larga pendiente escarpada y resbaladiza que llevaba al pabellón de música Édouard-Montpetit, rodeada de todas las demás siluetas frágiles y lastradas por instrumentos a menudo más grandes que ellas. Unos años antes había estado tocando para los turistas que cogían el tren de vapor que unía Hull y Wakefield. Creía que era la guitarra lo que me tranquilizaba profundamente y disipaba todos mis temores; sin embargo, dos años de estudios universitarios después, me daba cuenta de que era el propio tren el que ejercía ese efecto sobre mí: el bamboleo del suelo bajo mis pies, el ritmo pesado de las ruedas en los raíles, el paisaje que desfilaba.

Al llegar por fin a la entrada del edificio de piedra vetusta, asfixiada y empapada de sudor, me pregunté una vez más qué hacía yo allí. Recorrí los pasillos cubiertos de tapices previstos para amortiguar el caos de notas dispersas. Se oía un oboe ejecutar arpegios y unas cuerdas que no lograban entrar en sintonía, estirando penosamente la disonancia. Me parecía estar languideciendo en medio de aquel desbarajuste.

A mi regreso de Puerto Rico había decidido dejar atrás mi pasado y ese mundo paralelo en el que me había cobijado con los míos. Me había construido a la luz de mi padre y del misterio que lo rodeaba. Una promesa de belleza y libertad absoluta tan irresistible como un canto de sirena, sublime y mortífero, capaz de tragárseme para siempre jamás. Apenas había introducido un dedo del pie en aquella historia y esta ya había estado a punto de engullirme. Al mismo tiempo, no sabía dónde buscar refugio.

Sentada en una silla de plástico del aula sobrecalentada, me concentraba en dibujar en un pentagrama virgen las notas que la profesora nos tocaba al piano. Aquella música se me resistía, demasiado fugaz para un lunes por la mañana. Era una pieza de Schubert delicada y nostálgica, y sin embargo la cabeza me daba vueltas. Los acordes me llegaban en retazos de notas que pugnaban entre sí. Cobré conciencia, atónita, de que de pronto no sabía reconocer una nota menor de una mayor, de que todas las composiciones se me antojaban inexorablemente tristes. Ya no sabía diferenciar un alto de un bajo. Había perdido todos mis referentes.

No soportaba más las notas que salían de aquel piano y se estrellaban contra mi cráneo como para atravesarlo, allá donde mi hermano había extraído los cristales de mi cráneo ensangrentado. Desde el accidente se había instalado un dolor flagrante que me volvía intolerante a la luz y la música. No podría seguir vagando en aquella vida por mucho más tiempo.

* * *

—¿Tú cantas?

Jean, un cantante popular al que había conocido por la calle unas semanas antes, acudía a verme al bar con regularidad, para disgusto de mi novio de entonces, que había escrito en letras rojas muy grandes en la pared de nuestro dormitorio: «¡Odio a Jean!». Me cautivó desde el instante en que lo vi cruzar la calle para hablar conmigo. Sus andares eran únicos, ostentosos y decididos, como los de los cowboys de las películas antiguas en blanco y negro. Alto y demacrado, tenía los ojos verde claro y un pelo negro que él mismo se cortaba con una navaja. Lo observé acercarse a mí con una guitarra que sostenía del revés, con el mástil apoyado en el hombro.

Fuimos a comer unos bagels a un restaurante de la rue Saint-Viateur. Colocó su aparatoso abrigo de lana encima del radiador para que nos sentáramos al calor. Me contó que se había criado en chozas de arcilla y paja en África, donde las mujeres se paseaban con los pechos al aire y practicaban el vudú. ¡Qué libre parecía! Me recordaba a mi padre. Le hablé de mi nacimiento en un barco, del padre aventurero que no había llegado a conocer pero que me obsesionaba desde siempre. De mi mezcla de esperanza y miedo a ser y vivir como él.

Al día siguiente me anunció en el bar, borracho, que estaba enamorado de mí y que algún día yo también me enamoraría de él. Me agarró del brazo y se puso a repetir, en pleno arrebato de euforia: «¡Te quiero, Victoria! ¡Victoria, te quiero! ¡Te quiero, Victoria, te quiero!». Me pareció sinceramente devastado cuando le recordé que me llamaba Virginia. No se movió de la barra en toda la noche. Cuando el local cerró, lo invité a pasar a la cocina, donde giré al azar los botones del fogón hasta que logré encender una de las placas y pude recalentar los filetes que unos clientes no habían tocado. Nos reímos toda la noche. Antes de marcharme a dormir olvidé apagar el gas y a la mañana siguiente hubo que evacuar todo el edificio. Después de aquello, Jean desapareció durante dos semanas y luego reapareció, sobrio. Acababa de salir de una cura de desintoxicación. Estaba grabando un disco y quería que le hiciera los coros. Yo no cantaba en absoluto. Hasta en las asignaturas obligatorias de coro permanecía muda.

—Sí, canto.

Aquella noche me tocaba trabajar con Simon, mi jefe. Un mal bicho bajito, flaco, cargante y a menudo borracho que tenía tendencia a buscarles las cosquillas a clientes el doble de corpulentos que él, algo que amenizaba mucho los turnos. Observaba a Jean hablando conmigo con sus grandes ojos negros y la barbilla baja mientras secaba vasos detrás de la barra.

Jean había vivido tres años con una bailarina sublime de danza contemporánea. Desde la separación, cada cierto tiempo ella pasaba temporadas en un psiquiátrico. Ya no era capaz de bailar, estaba convencida de que alguien le había echado una maldición y le había arrebatado las piernas.

—Jean destruye a todos los que entran en su círculo íntimo, ¿lo sabes, no? —me advirtió Simon mientras hacía caja al final de la noche.

En aquel entonces no me dio ningún miedo. Cuando por fin salí del bar, sobre las cuatro de la mañana, Jean me esperaba bajo la lluvia, sentado en los escalones cubiertos con su abrigo inmenso. Parecía un indigente, a pesar de que iba vestido de Yves Saint Laurent de la cabeza a los pies. Me sonrió como un niño.

—¿Vamos a ensayar?

Todas las paredes de su piso estaban pintadas de naranja oscuro; un búnker casi vacío pero con alfombras persas antiguas, estatuillas vudú que nos observaban desde todos los rincones, guitarras en las paredes, un inmenso buda centenario de madera recubierto de pan de oro. Jean se pasaba los días en el suelo bebiendo café turco servido en un gong que le había comprado a una bruja en las montañas de Vietnam. De noche dormía en el suelo pelado, en el balcón. Yo estaba encantada de conocer a alguien que no temía contaminarse en un mundo que se me antojaba tan aséptico.

Uno de los primeros días que pasamos juntos nos citamos en la esquina de Mont-Royal y Saint-Denis. Era verano, y me lo encontré sentado en la acera con una camisa verde con estampado de cachemira y corte perfecto, extremadamente concentrado en pelar un pomelo enorme. Cuando lo llamé, levantó la cabeza hacia mí con los ojos abiertos como platos a pesar de los rayos de sol ardiente. Sus ojos verdes llamearon, opalescentes bajo aquella luz cruda de la que ellos mismos parecían ser el origen. Con un cuchillo en una mano y el pomelo en la otra, el rostro enmarcado por su pelo revuelto, sonrió de la manera más absoluta y salvaje que yo hubiera conocido. Aquel gesto me habita todavía. Cuando sonreía, tenía el don de ser completamente dueño de sí mismo. Aquella sonrisa cambió el curso de mi vida. Gracias a ella supe, por un lado, que Jean estaba loco, y por otro que lo amaba y que lo seguiría a cualquier parte.

Aquella noche, el coro de la universidad del que yo era miembro daba un concierto como parte de los exámenes de fin de curso que ponían el punto final a mis estudios. Pero con Jean las horas parecían discurrir en un mundo paralelo que para mí ya era más apetecible que el otro. Habíamos hablado de los viajes que queríamos hacer. Queríamos comprar tejidos en mercados de aldeas de África y venderlos a modistos de alta gama en París. Me contó que una vez adoptó a un mono que luego regaló a una acaudalada pareja libanesa en el aeropuerto, convencido de que el aduanero se lo quería comer. Más adelante se enteró de que el animal, tristísimo por haber perdido a Jean, se había suicidado defenestrándose desde un duodécimo piso. Me contó también que mi padre se le había aparecido en un sueño y lo había advertido de que yo corría peligro.

Al hilo de nuestras conversaciones me pareció evidente que no participaría en el concierto y que no obtendría el título; la vida que llevaba desde hacía años se me antojaba ahora ajena. Prefería comer pollo en salsa de mantequilla sentada en el suelo con Jean. Una de las decisiones más impulsivas e irracionales de mi vida. Sin embargo, rigiéndome por esa pulsión de libertad me sentía del todo confiada, plena y, curiosamente, sigo sin arrepentirme.

Jean hablaba como un profeta. Era libre y no parecía plegarse a nada. Yo iba a aprender a ser libre a su manera, y reaprendería a amar la música accediendo a seguirlo ciegamente. Al menos ese fue el pacto tácito que sellamos. Me trasladé a su piso naranja al cabo de unos días. Me resultó fácil dejar a mi novio, y todas mis posesiones cabían en unas cuantas cajas.

El día de mi mudanza bailamos toda la noche y a las cinco de la mañana, al salir de la discoteca, aún enfebrecidos y eufóricos, Jean paró un taxi para llevarme al oratorio de Saint-Joseph. Saltamos la verja del santuario y emprendimos el vía crucis antes de adentrarnos en un bosque; las ramas crujían bajo nuestros pasos y el olor de los pinos impregnaba el aire. A medida que avanzábamos, la oscuridad aumentaba. Me dejé guiar por las tinieblas y el silencio sin saber adónde íbamos, hasta que el bosque se abrió sobre la residencia de los sacerdotes, que daba a una gran fuente coronada por la estatua de un carnero de oro. Nos metimos en el agua fría, como para recibir un bautismo, e hicimos el amor. Jean se había convertido en lo más sagrado que yo poseía. Creí poder ser dueña de mi destino si lograba parecerme a él. Pero Jean seguiría siendo el dueño de todo, yo incluida.

* * *

Él sabía lo que era mejor para mí. Me dijo que me gustaría hacer cine. Le contesté que me gustaría rodar un documental en África. ¿Un documental sobre qué? Sigo sin saberlo, pero Jean quiso producirlo y me firmó un cheque a modo de adelanto gracias al cual saldé todas mis deudas y me despedí del trabajo. Me acordé de la advertencia de Simon, eso de que Jean destruía a cualquiera que accedía a su círculo íntimo, pero a pesar de todo corté los últimos lazos que me unían al mundo exterior para lanzarme en pos de aquella promesa de algo que no podía ni definir ni concebir del todo, pero que intuía como un resplandor huidizo.

Abandoné mi vida para diluirme en la de Jean. No estaba preparada para reconocerlo, pero no me daba ningún miedo la destrucción porque en el fondo ansiaba esa violencia y esa intimidad, aun a costa de que Jean removiera mis trastornos más ocultos, oscuros y desconocidos. Era incapaz de sentirme cerca de nadie, ni siquiera de mí misma. Acaso porque me sentía más fantasma que mujer.

Antes de poner rumbo a África, Jean tenía que grabar un disco y dar conciertos para rellenar las arcas. Así fue como nuestro día a día mutó en una larga serie de giras por Quebec, plumas, lentejuelas, sombreros desmesurados y abrigos de piel de animales en vías de extinción. Los días y las noches se confundían en los estudios de grabación, donde la exigencia de insonorización nos obligaba a sellar las ventanas, aislándonos por completo del mundo exterior. Hacíamos música hasta quedarnos dormidos en el suelo o encima de la mesa de mezclas. Nos curábamos la resaca en restaurantes de cinco estrellas y vuelta a empezar. Yo no pensaba en nada ni tomaba decisiones. Mis pensamientos se habían convertido en un largo río que se deslizaba sobre mí, sin que yo pudiera atraparlos.

Nuestras peleas y excesos, conocidos por todos, se intensificaban a medida que la paranoia de Jean se acentuaba. Rumiaba sin cesar la idea de que querían escamotearle su libertad, controlarlo, sabotearlo. El público, los músicos, los médicos, su madre, yo, el mundo entero. Tenía cantidad de tics. Se había roído por completo la uña del pulgar, y su forma de mover nerviosamente la cabeza a base de espasmos breves y entrecortados hacía pensar en un pájaro enclenque. Ahora, aquellos ojos verdes que yo había conocido llenos de vida y luz me escudriñaban con una expresión huera y glacial. Sus miedos habían cristalizado en mí a tal extremo que me convertí en la encarnación de esa amenaza invisible. Aquella mirada intensa pero carente de emoción, un mero y frío cálculo, yo solo la había visto antes en una ocasión, y había sido a mi hermano.

Su paranoia fue ocupando cada vez más espacio en nuestra vida cotidiana hasta que Bruce, un cliente del bar en el que yo había trabajado años atrás, me anunció su propósito de reconstruir para mí el barco de mi padre y nos obligó a huir a Costa Rica.

* * *

Llevaba sin ver a Bruce desde los tiempos del bar, cuando me interpeló en la cafetería a la que yo acudía todas las mañanas con Jean. Nada más darme la vuelta para mirarlo recordé los brandis dobles con *ginger ale* que le había servido años atrás. Aquello me marcó, porque semejante carencia de gusto le resultaba tan abyecta a Simon que según él rozaba la falta moral.

—Tenemos que hablar —me anunció con toda la solemnidad del mundo.

Bruce tenía un aire porcino con su piel rosácea y su cuello tan ancho como la cabeza. Me enteré de que había hecho el servicio militar para el Ejército canadiense en la Columbia Británica.

Cuando estuvimos sentados me explicó que quería enseñarme el astillero donde se proponía reconstruir el barco de mi padre, en el que partiríamos juntos, como si aquel hubiera sido nuestro plan desde siempre. Cuando descubrió que mi padre tenía una hija viva, tras acecharme y mudarse cerca de mi casa, en la rue Bernard, empezó a frecuentar el bar para observarme trabajar, mientras aguardaba nuestro gran viaje.

Se había alarmado al verme languidecer desde que estaba con Jean. Yo había sido un ángel, una mujer elegante y una música disciplinada de cabello largo y no fumadora. Ahora iba mal vestida, tenía el pelo aceitoso, roña en las uñas y ojeras. Estaba convencido de que Jean me había enganchado a la heroína para prostituirme y se había impuesto la misión de salvarme. Le expliqué con parsimonia que nada más lejos, como si se tratara de un simple malentendido. Me sorprendió verlo marchar sinceramente perplejo. Siguió reapareciendo de tarde en tarde, cuando tomábamos una copa en la terraza, exigiendo hablar conmigo a solas para alertarme sobre los estragos que causaban las drogas.

Aquello se prolongó varios meses, pero no lo denuncié por acoso puesto que la situación era absurda, hasta una noche en que Jean y yo volvíamos a casa después de un concierto agarrados del brazo. Bruce daba vueltas delante de la puerta de nuestro edificio. Incluso cuando se precipitó hacia nosotros con el puño en el aire me costó entender que estaba atacándonos. Jean esquivó el primer golpe y consiguió neutralizarlo por un momento. De pronto estaban en el suelo, Bruce tumbado encima de Jean, agitando los brazos como una estrella de mar para zafarse mientras yo le daba puntapiés. Por fin logró liberarse de Jean y le dio tal paliza que lo mandó al hospital.

No volvimos a nuestra casa. Alquilamos una furgoneta, nos refugiamos en el bosque y Jean me compró y me enseñó a manejar tres ballestas. Practicamos con unos árboles hasta que consideró que estaba preparada.

La policía había descubierto una escopeta encima de la mesa de la cocina de Bruce en el momento en que lo detuvieron. Sin embargo, el juez ante el que compareció tras pasar varias noches en prisión lo puso de nuevo en libertad hasta que se celebrara el juicio. Jean y yo fuimos a Quebec y nos hospedamos en casa de un amigo del que nunca había oído hablar.

Subimos a un apartamento que estaba encima de un restaurante libanés y nos abrió la puerta un tipo barrigudo vestido de cuero de arriba abajo. Cuando me estrechó la mano me fijé en que le faltaban dos dedos. Nos invitó a sentarnos en su salón, donde una pantalla gigante emitía una película porno junto a un maniquí de tamaño real vestido de Papá Noel con un consolador en las caderas. Nos ofreció una cerveza y vi que también le faltaban dedos en la otra mano. No sabría explicar por qué, pero enseguida me cayó bien aquel hombre. Quizá porque percibí en él tristeza donde cualquiera hubiera esperado intuir rabia.

Entreveía en la pantalla los cuerpos enredados de tres personajes lampiños como lombrices embarulladas mientras Jean le explicaba a su amigo que yo necesitaba algo para defenderme. El amigo se mostró apenado y empezó a hablarnos despacito, como a niños heridos. La vida era demasiado hermosa, argumentaba, y de todos modos no tenía nada para nosotros. Nos animaba a esperar a que se calmaran los ánimos. Nos decía que tampoco era para tanto. Yo estaba hipnotizada. Nunca había visto a nadie con una sonrisa tan dulce vibrar por un pesar tan extremadamente palpable. Un pesar que se derramaba de él e impregnaba la estancia igual que las flores de un jazmín durante la noche. Me parecía la emoción más insólita y valiosa. Los reflejos irisados de un ópalo del que surgen todos los colores cuando, en la palma de la mano, lo hacemos espejear a la luz del día. Quienes supieran sostenerlo el tiempo suficiente y admirar sus reflejos tornasolados estarían salvados. Los demás, devorados por la cólera, la decepción y el cinismo, morirían uno tras otro en un fin del mundo asfixiante.

Al final optamos por fugarnos a Costa Rica, a un pueblo lejos del mar, encaramado en lo alto de un volcán.

4

Una de las primeras veces que hablé con Thomas por teléfono, antes de vernos, ya vivía en Puerto Rico. Estaba convencido de haber dado con la idea del siglo: montar una empresa de fabricación de ataúdes. La gente pagaba una fortuna por una simple caja, me dijo. Una caja que no planteaba problemas de aerodinámica.

—No necesita... no necesita... —dijo.

—Flotar —completé yo.

Se echó a reír. Me sorprendió, no estaba acostumbrada a que nadie se riera de mis bromas. Fue preciso oírlo para recordarme a mí misma que se trataba de sentido del humor. Un atisbo de primavera tras años de inviernos ininterrumpidos.

Thomas parecía haber dejado huella en todas las personas con las que había coincidido. Años después de conocerlas, estas publicaban en diversos foros líneas y más líneas de sus recuerdos en relación con mi hermano. Todos lo calificaban de genio y aludían al efecto envolvente que había ejercido sobre ellos. Su innegable presencia, su fascinación por los detalles, su pureza. Un hijo de la naturaleza varado en la sociedad.

La inteligencia de Thomas siempre suscitó fascinación. Con diez años había leído ya todo lo que había a bordo, manuales técnicos sobre aparejos, principios aerodinámicos y dinámica de fluidos. Se entusiasmaba cada vez que encontraba a alguien con quien hablar de esos temas.

Ya después del naufragio, Clare logró convencer al decano de la Universidad de Cambridge para que le hiciera una entrevista a Thomas, a pesar de que mi hermano nunca había estado escolarizado. «Era psicólogo —me explicó Clare—, así que evidentemente se quedó prendado de aquel adolescente prodigio criado al margen de la sociedad. Fueron a dar un paseo y al volver parecían dos catedráticos enfrascados en una conversación sobre matemáticas». A Thomas lo impulsaba la creencia de que la vida en su totalidad podía traducirse en una fórmula algebraica y que no existía verdad más pura. Llenaba cuadernos enteros de cálculos.

Aunque mi hermano y yo seguimos escribiéndonos después del accidente en Puerto Rico, sus mensajes se volvieron fríos y ajenos a la realidad. Me explicaba con todo lujo de detalles que la civilización estaba llegando al final de su camino, y sin embargo no me anunció el nacimiento de su segundo hijo, Lucio.

Preveía el fin del mundo tal como lo vaticinaba el calendario maya. Cada vez llegarían a Puerto Rico menos cargueros con alimentos, hasta que desaparecieran por completo. Los lugareños empezarían entonces a pelear por los recursos, a matarse por unos pocos plátanos y a canibalizarse unos a otros hasta que la isla, sus árboles sin frutos meciéndose con el viento cálido, sus últimas iguanas capturadas y ahumadas, quedara reducida a un baño de sangre y caos que se extendería al resto del mundo.

Pese a todo, había encontrado el barco con el que soñaba desde niño. El Oasis. Una embarcación pequeña de madera con una vela y sin motor, concebida más para carreras que para salir a altamar. Como la cama era demasiado estrecha para que cupiera la tripa de Christina, embarazada, hasta que dio a luz tuvo que dormir con la cabeza y los brazos dentro y el vientre y las piernas en la escalera, que Thomas había cubierto con una lona azul. «¡Ya tengo un barco para huir de Babilonia!», decía.

El plan estaba cuidadosamente meditado. Por fin escaparía de su exilio perpetuo desembarcando en Brasil; allí encontraría una parcela de tierra virgen a la orilla del mar en la que llevar una vida salvaje en autarquía en un mundo sin ley mientras la civilización se desmoronaba a su alrededor. El proyecto consistía en bordear la costa —una vez que el Oasis estuviera reparado— hasta dar con la parcela de sus sueños, su El Dorado. La reconocerían en cuanto la vieran. Thomas construiría en ella una casa nueva en torno a la cual plantaría cactus que se metamorfosearían en guardianes gigantes, formando un recinto impenetrable que protegería un jardín de parterres recubiertos de plantas dulces y esponjosas, de los que se alzarían mangos colmados de frutos que exhalarían un aroma a flores tropicales. Llevaría consigo semillas de plantas raras de las que se había enamorado locamente y que había recolectado en Puerto Rico. Flores de adormidera con capullos amarillo intenso aureolados de pétalos violetas y arrugados formarían ramilletes que le sonreirían como un coro de niñas amables y consideradas, mientras las lianas de ayahuasca se enroscaban alrededor de los árboles del pan. Se había cansado ya de su eterno vagar sobre las aguas. Se había cansado de esquivar la inevitable pregunta pronunciada con cortesía en cada nuevo encuentro y que exacerbaba su vértigo permanente. «¿De dónde eres?». A partir de entonces contestaría: «De Brasil», y mostraría alegremente su pasaporte brasileño a quienes parecieran dudar de su palabra.

Entrarían en primer lugar a través del río Oyapoque, donde no había aduana, para que Christina diese a luz a bordo a un bebé brasileño. Una vez que este tuviera sus papeles, instalarse sería más fácil para toda la familia.

A Thomas le habían repetido por activa y por pasiva que aquella travesía por altamar era imposible en el barco que había escogido, de diseño achatado para que fuera rápido y vigoroso, y cuyos tablones enmohecidos dejaban que se filtrara el agua. Pero en aquel velero mi hermano se sentía vivo de nuevo. «La gente no se da cuenta de hasta qué punto no es libre. Están tan poco vivos que más les valdría estar muertos». Al final, pusieron rumbo a Brasil apresuradamente. Calculaban que tardarían dos semanas en llegar.

*   *   *

Mayo de 2012

Unos nubarrones negros planeaban a poca altura por encima de la isla de Jost Van Dyke. Un temporal se había desatado a lo lejos, picando el mar y obligando al Oasis a refugiarse en una de sus radas. Los navegantes de recreo contemplaron con horror y compasión aquel pequeño velero que hacía su entrada en la bahía. «Lo único que mantiene esa embarcación de una pieza son las cucarachas que se agarran de las manos», llegó a afirmar uno de ellos, que aprovechaba la lluvia para cepillar la cubierta de su barco. Garry, un viejo lobo de mar, barbudo y panzón de ojos sonrientes, que había criado a sus hijos a bordo de su Wild Card. Garry observó cómo aquel desconocido menudo, flaco y tenso, con unas rastas que le llegaban a la altura del trasero, remaba hasta la playa antes de encaminarse al puerto deportivo con andares flexibles, gráciles y confiados. Una sensación de malestar se adueñó de él.

Después de que Thomas sacara del agua el Oasis para calafatear las filtraciones del casco empezaron a circular rumores: que aquel muchacho navegaba a bordo de una tartana con una mujer embarazada y un niño de seis años encerrado en la cabina delantera. Se dirigían a Brasil, desafiando los vientos contrarios con tal de que el bebé naciera en sus aguas. Resurgieron las pesadillas que Garry reprimía desde hacía veinte años. Afloraron los recuerdos de aquel personaje, Peter Tangvald, al que había conocido en esas mismas islas veinte años antes, y que trataba de borrar de su memoria desde entonces.

Naturalmente, cuando el Artémis hizo su entrada en la bahía en 1991, Garry fue al encuentro de aquella figura venerada cuyo nombre había oído en boca de marinos del mundo entero. Enseguida hicieron buenas migas durante una cena; los dos eran padres y escritores que habían pasado buena parte de su vida en el mar. Peter se mostró encantador. Garry y su mujer tenían una hija de la edad de Carmen, que pasaba sus días con ellos a bordo. A Garry le caía muy bien Peter, hasta que descubrió la cabina delantera donde encerraba a sus hijos. Recordaba con horror aquella auténtica celda carcelaria dominada por una reja que recubría la escotilla y se cerraba desde fuera con un candado. Allí los recluía tanto en altamar como en tierra. Garry no llegó a conocer a Thomas, que en aquel entonces tenía quince años y se había quedado en Puerto Rico a bordo de su propio velero.

Durante las semanas que se trataron, Garry vio a Peter recorriendo las calles y subiendo las cuestas trabajosamente, agarrándose el pecho con las manos. Todo en él delataba su dolor y su pánico. Había sufrido un infarto dos años antes y el médico le había pronosticado un año de vida. Los navegantes de la bahía juraban ver la muerte en los ojos tanto del padre como de la hija, como si el alma hubiese abandonado ya sus cuerpos y no hicieran más que vagar, macilentos y vacíos.

Garry le propuso a Peter que le dejara a Carmen, prometiéndole que la cuidaría como a su propia hija, pero Peter rehusó, visiblemente molesto; nadie iba a quitarle a sus hijos.

Antes de abandonar el puerto en dirección a Venezuela, pasando por Puerto Rico para recoger a Thomas, Peter le pidió a Garry que lo ayudara a izar la vela mayor para zarpar. Él se negó, considerando que si estaba demasiado débil para izar la vela también lo estaría para navegar con una niña de ocho años encerrada en la cabina delantera. A Peter lo asistieron otros marinos que todavía se estremecen cuando lo rememoran. «Pobre criatura», decían. Todos sabían que Carmen iba a morir. Desde entonces, a Garry lo atormentaba el cargo de conciencia por haber abandonado a su suerte a aquella niña. Avergonzado, hacía todo lo posible por conjurar el recuerdo del monstruo de Tangvald.

Al descubrir la identidad de Thomas Tangvald, llegó a la conclusión de que Thomas nunca se había liberado de la cabina de su infancia. De que aquella prisión la llevaba consigo a todas partes. «La historia se repite», se lamentó al ver cómo dejaban atrás el puerto, impotente de nuevo.

* * *

Lucio nació en la cubierta del Oasis tres días después de que llegaran a Brasil, estando atracados junto a unos pesqueros. Christina se había despertado atravesada por un dolor fulgurante: las contracciones habían empezado mientras dormía. Estaba de parto. Thomas colgó unas sábanas del mástil para crear una especie de tienda de campaña bajo la que ella se tumbó. Para calmar los dolores se puso a cantar en bucle «Indios de la jungla, dadnos la vida», lo que la sumió en un trance profundo. Lucio nació al cabo de apenas quince minutos con tres vueltas de cordón al cuello. Thomas lo liberó con un corte de su cuchilla de afeitar.

Solo que, sin pasaporte, Thomas no pudo ni reconocer a su hijo ni proyectar una nueva vida en Brasil. Había pasado tanto tiempo al margen de la sociedad que las pocas huellas administrativas que había dejado su existencia estaban dispersas por el mundo, redactadas en lenguas extranjeras y archivadas en oficinas que habían cambiado de personal varias veces. Nadie quería saber nada de aquel desastre burocrático. No les quedó más remedio que volver sobre sus pasos hasta la Guayana Francesa, él, Christina y los dos niños, con intención de que la escala durase lo que tardaran en regularizar la situación. Durante esta travesía, un agua densa y parda que olía a turba y a pescado putrefacto se filtró despacio por unas brechas del casco. Esta agua estancada se acumularía hasta atravesar el suelo y formar charcos a sus pies.

* * *

Montreal, 5 de mayo de 2014

A Bruce, condenado por agresión, lo obligaron a abandonar la isla de Montreal durante un año. Jean y yo volvimos de Costa Rica tras seis meses en las montañas. Habíamos comprado un Land Rover color crema de los años setenta cuyos frenos no siempre respondían. El regreso se precipitó a raíz de las reiteradas psicosis de Jean. Una tarde empezó a retorcerse por el suelo gritando en árabe, lengua que no hablaba. Unos agricultores lo oyeron a lo lejos e irrumpieron en una camioneta para socorrernos. Uno de ellos llevaba una cruz en una cadenita que centelleaba bajo el sol. Jean la tocó con un dedo. Se calmó de inmediato, pero el agricultor se sintió incómodo. Consideraron que no podían hacer nada por dos personas como nosotros y se marcharon.

Yo reservé un billete de avión de última hora para Canadá. Metí de cualquier manera en las maletas todo lo que cupo y abandoné lo demás. Nada más aterrizar pedí una ambulancia, pero la policía llegó antes. Jean, asustado, disimuló inmediatamente su crisis y cambió de voz y de actitud. La ambulancia no tardó en llegar. En el hospital lo descalzaron, lo desvistieron y le pusieron una bata. Iba por los pasillos con el trasero al aire y seguido por un auxiliar, a la espera de que se quedara una cama libre en la unidad de psiquiatría. Allí estuvimos varios días, junto a la habitación de una brasileña obesa víctima de delirios místicos. No hacía más que quedarse en cueros y correr desnuda de habitación en habitación, batiendo sus alas como si pretendiera echar a volar y chillando como una niña que salta en una cama elástica.

Yo iba todos los días a visitar a Jean a la unidad de psiquiatría del hospital, cerrada por unas pesadas puertas rojas. Cada vez que llamaba, varios pacientes pegaban la cara a la portilla y nos veíamos obligados a escudriñarnos. Me reunía con Jean y nos abrazábamos muy fuerte, por el suelo del pasillo, envueltos en una sábana blanca que olía a lejía. Tuve tiempo de leerle en voz alta *La promesa del alba* de principio a fin. Como habíamos abandonado nuestro piso tras la agresión de Bruce, yo debía encontrar un sitio donde vivir mientras Jean estuviera hospitalizado. Alquilé un apartamento de dos habitaciones que pinté de rosa de arriba abajo, para marcar mi territorio. Quería un espacio propio. Ya se lo había comentado a Jean en Costa Rica.

Estaba tumbada en un colchón directamente sobre el suelo de aquel apartamento rosa cuando recibí el email de San Juan. La primavera se instalaba y abríamos las ventanas por primera vez, dejando entrar los olores de la vida retornada.

Los guardacostas habían recibido una llamada de Christina a propósito de la desaparición en el mar de su marido, Thomas. Mi hermano se había marchado de la Guayana Francesa en dirección a Brasil el 4 de marzo, y desde entonces le habían perdido la pista. Había zarpado del puerto de Cayena al alba, en solitario, sin informar de su marcha, bajo la mirada de un puñado de pescadores locales.

* * *

A Jean le cayó mal mi hermano desde que me oyó hablar de él por primera vez cuando nos conocimos, seis años antes. Detestaba su aura, el misterio que lo rodeaba, su violencia latente y las tragedias que nos vinculaban de por vida. Fue nuestra primera pelea: escrutó su foto y declaró que era un hombre débil. Me dijo que cada cual tenía que cargar con su cruz; también Thomas, por más que la suya fuera particularmente pesada. Le contesté que mi hermano roto no me inspiraba otra cosa que no fuese amor. Un amor absoluto que cada día yo lanzaba hacia el cielo igual que un puñado de confeti, con la esperanza de que cayera sobre él.

—Tu amor no sirve de nada —me señaló Jean—. Lo que tu hermano necesita es dinero.

Yo me lo creí, y una vez que mi amor fue etiquetado como algo a todas luces inútil, perdió brillo y se desinfló igual que un globo de cumpleaños chuchurrío. Cuando Thomas desapareció, Jean me preguntó cuándo pensaba dar carpetazo de una vez a mis historietas familiares y todos los fantasmas que me habitaban.

Mientras yo intentaba ponerme en contacto con Christina, él se marchó sin decirme adónde ni cuándo regresaría.

«¡Sabía que serías tú!». Christina no hablaba francés y me ordenó que llamara a la guardia costera de la Guayana Francesa para saber en qué punto se encontraba la búsqueda. «¡Tangvald! Sí, sí, ya sé...», me aseguró la mujer al otro lado de la línea, prácticamente a voz en cuello. Tuve la sensación de haberla sobresaltado al pronunciar aquel apellido.

—Hubo un gran despliegue de medios para encontrar a Thomas: helicópteros durante dos días, llamadas de radio a todas las embarcaciones a lo largo de la costa entre Guayana y Brasil. Pero cuando vimos las fotos del Oasis interrumpimos la búsqueda. El casco había quedado en un estado lamentable y los tablones estaban desencajados.

—¿Han interrumpido la búsqueda porque creen que ha muerto?

La mujer no quiso responder, salvo para decir:

—El padre de Thomas..., vuestro padre, quiero decir..., era muy conocido aquí en la Guayana Francesa. No podemos seguir con la búsqueda.

Y colgó. Entendí lo que pretendía decir. No podían hacer nada por unas personas que se empecinaban en desafiar a la muerte sin cesar.

Salí a caminar por la calle en plena noche, aturdida y en pijama. Sentada a oscuras en el asfalto húmedo, entre los halos amarillos de las farolas, contemplé los charcos de agua resplandecientes durante largos minutos hasta que me decidí a volver a llamar a Christina. Me correspondía a mí anunciarle que las autoridades habían decidido abandonar la búsqueda. La oí reprimir unos sollozos. Me sorprendió que alguien pudiera llorar aún a personas como nosotros.

5

Andorra, 2014

—Jamás habría permitido que Thomas identificara los cuerpos de Peter y Carmen si hubiese llegado a tiempo a Bonaire —me dice Clare—. Pero en el fondo creo que fue lo mejor para él, porque de lo contrario quizá no habría conseguido hacer su duelo.

Aunque me hubiera mandado unas cuantas postales y una cadena de oro cuando yo era pequeña, era la primera vez que veía a Clare, mi madrina, la que junto con su marido, Edward, adoptó a Thomas tras el naufragio del Artémis. Descubrí en ella a una mujer cariñosa, brillante y un poco excéntrica.

Clare tendía a terminar sus frases con un balbuceo y mirando para otro lado, casi olvidando que hablaba con otra persona; yo en cambio me esforzaba fervorosamente en captar hasta la última palabra que salía de sus labios.

—¿Crees que necesitaba ver para entender lo que había pasado?

—Todos necesitamos ver; si no, lo único que tenemos son historias flotantes —dijo juntando las palmas y con los ojos aún en el vacío. Caviló un instante y prosiguió—: A los pocos días de haber identificado el cuerpo me dijo que había soñado que consultaba un mapamundi en el que buscaba a su padre. «Tengo que encontrar a mi padre, tengo que encontrar a mi padre», repetía, hasta que su padre se le apareció. La cabeza que él había visto destrozada estaba recompuesta en su forma humana, y él se sintió reconfortado. «Ya ves que va todo bien. Ahora ya no necesitas buscarme». Creo que, si no hubiera visto los cuerpos, habría seguido buscándolos de una manera o de otra. Se habría convencido de que estaban «en otra parte»...

Para acompañar este «en otra parte» palpó el aire con las manos, y a continuación las dejó caer despacio sobre los muslos.

—Un poco como lo que pensamos ahora de Thomas. La historia se repite, en cierto modo —concluyó.

* * *

Clare dejó pasar una semana desde mi llegada a Andorra antes de guiarme hasta la buhardilla de su casa, donde se ubicaba la habitación de mi hermano. Yo sentía que debía esperar a que me invitaran a acceder a ese espacio, a pesar de que ambas sabíamos que yo estaba allí para eso. El camino en coche desde Barcelona había sido largo y agotador. Las carreteras sinuosas, de curvas cerradas, que se enroscaban en las faldas de las montañas toscas y poderosas tiraban de nosotras hacia el sol y nos privaban progresivamente de oxígeno.

Mientras ascendíamos por esas carreteras sin horizonte me acordaba de Thomas, que había vivido en el mar toda su vida.

No existía un paisaje más diametralmente opuesto al mar que aquellas montañas. Tal era el silencio en torno a mi hermano que, a pesar de la afectuosa bienvenida de Clare, me guardé de revelar los fantasmas que me habitaban. A decir verdad, percibía un tabú alrededor de la niebla que envolvía a mi familia y me daba vergüenza pretender transgredir esa prohibición, como si se tratara de una perversión que debiera mantener en secreto.

Seguí a Clare al piso de arriba. Accedimos a la buhardilla mediante una escalerilla plegable que bajó del techo como por arte de magia. Nos encaramamos a la coja escalera de mano y descubrí el dormitorio de Thomas, con sus cosas tal como él las había dejado, tiradas por el suelo, estáticas y silenciosas; sus cuadernos, algunas prendas de ropa, una cama sencilla, un sofá viejo y una mesa de centro, una librería, varias cajas de cartón bajo las vigas, en las que había pegadas imágenes de revistas.

—¿Qué buscas exactamente?

La pregunta me aterrorizó. Era justo la que yo me hacía a mí misma. Quería atrapar por fin a ese padre que siempre se me había resistido, abrirlo en canal y disecarlo igual que una rana. Pero no podía contestar eso.

—Nada en concreto. Me gustaría conocer mejor a mi familia. Saber de dónde vengo —formulé, fingiendo indiferencia.

A mi padre aprendí a conocerlo poco a poco. Edward, el marido de Clare, era diez años mayor que Peter cuando se conocieron en Canarias en la década de los cincuenta. Mi padre desafió a Edward durante la primera regata transatlántica de este a oeste sin motor. La competición atrajo el interés de la prensa del mundo entero, siempre con esa foto en blanco y negro de ellos dos sonriéndose a bordo de un barco de madera, con jarcias y poleas en segundo plano. Edward, barbudo y con el torso al aire, señala alegremente a mi padre con el dedo en un gesto retador, y mi padre, alto y delgado, con los brazos en jarra, le devuelve una sonrisa intrépida. Fueron grandes amigos el resto de su vida.

Clare me había avisado desde el principio de que Edward, que a la sazón tenía cien años, no se acordaría de mi padre. Estaba en su sillón, encorvado delante de una ventana con vistas a los Pirineos. Clare había colocado un comedero para los pájaros que él observaba, en simbiosis con el gato que descansaba hecho un ovillo en su regazo. Yo había pasado toda la semana a su vera, en un silencio casi total, para darle tiempo a que me reconociera. Esperaba que distinguiera las facciones de mi padre a través de las mías. Al cabo de varios días me preguntó sin más: «¿Tu vida es lenta o rápida?». Le respondí que rápida, y él comentó que eso estaba bien. Le enseñé la famosa foto en blanco y negro. Recordaba solo que Peter era un tipo muy alto y honrado. Le pregunté qué recordaba de su vida en el mar. Sin aliento, con labios trémulos bajo el bigote blanco, pronunció dos palabras: «La libertad».

En la buhardilla, el polvo centelleaba en los haces de luz oblicua que atravesaban los tragaluces, opacos y amarillentos por efecto del tiempo. El olor del aire viciado se intensificaba con cada caja que abría. Clare también se afanaba en inventariar. Abrió el cajón de su mesilla de noche y extrajo cinco álbumes de fotos en blanco y negro con los bordes dentados. Mujeres sonrientes, niños bien peinados, barcos. Y la cara de mi padre, joven, como yo nunca lo había visto.

—Gracias a Simonne, la cuarta mujer de tu padre, Thomas pudo recuperar estos recuerdos. Ella había conservado todas estas cajas en la casa de ambos en Trans-en-Provence y se las entregó a Thomas después del naufragio.

Inclinada sobre unas cajas que iba abriendo a medida que ella hablaba, inspeccioné varios sobres con el nombre de Simonne escrito con la caligrafía de mi padre: diapositivas, una grabación en cinta de la BBC datada en 1965, centenares de páginas de manuscritos, diarios de a bordo, artículos de prensa y una revista erótica de los años noventa en la que aparece una cowgirl a lomos de un caballo, en minifalda blanca y sin bragas. Clare la guardó en el cajón con una sonrisa.

—Espero que encuentres lo que buscas.

Se fue para volver con Edward y me dejó sola en las tripas de la casa. Lo primero que hice fue acercarme a una foto de la pared en la que me había fijado nada más entrar en la estancia. Una imagen de nuestro padre que presidía el centro de la habitación igual que un crucifijo, en el corazón de la tragedia que nos unía, de la ausencia en la que yo me había construido. Nuestro padre, que había colmado mi vida y mis pensamientos, así como los de mi hermano, en quien yo veía a mi doble. El presentimiento de una proximidad profunda me embargaba.

Investigué las imágenes que Thomas había arrancado de las revistas para pegarlas entre cada viga: la silueta de una mujer arrodillada con las manos atadas a la espalda; un hombre asiático también de rodillas y haciendo muecas de terror junto a las pesadas botas negras de un militar que, fusil en mano, se dispone a ejecutarlo; un perro negro con los ojos rojos y mostrando los colmillos, a punto de atacar.

Al lado de la foto de nuestro padre había clavada otra imagen en blanco y negro amarilleada, enmarcada en un portafotos de plata constelado de manchas de óxido. Sentado en un avioncito biplano que parece de juguete, un hombre vestido de aviador con un casco de cuero ajustado y gafas cromadas en la frente mira el aparato por encima de su hombro con aire confiado, desenvuelto y cordial. La foto estaba dedicada: «Para Rigmor, de Thor, 1922». Mis abuelos, un año antes de casarse. En aquel entonces mi abuelo era teniente del Ejército noruego.

Era la primera vez que lo veía. Mi madre recordaba que un día estaba mi padre poniendo orden en el barco cuando sacó de debajo de la cama un maletín caqui lleno de recortes de periódicos y medallas. Le explicó entonces sin ningún entusiasmo que su padre había sido campeón de esquí en Noruega y pionero de la aviación. Acto seguido cerró el maletín y lo lanzó al mar para liberar espacio a bordo.

Aparte de los retazos de las conversaciones que mi madre había mantenido con mi padre, lo que yo sabía de mi abuelo lo descubriría más adelante, rebuscando en archivos de prensa y museos. Un historiador del esquí, que dedicó a mi abuelo un capítulo de uno de sus libros, me diría más tarde: «Para comprender a Per Tangvald es necesario que comprendas quién fue Thor Tangvald».

En la década de 1910 se adueñó de Noruega un auténtico frenesí por la aviación. Se juntaban multitudes para ver los aterrizajes y estallaban tumultos cuando los aviones no aparecían a la hora prevista. Un puñado de muchachos habían sido seleccionados para volar, a partir de centenares de solicitudes. Desde el suelo semejaban criaturas inmortales cada vez que planeaban cerca del sol. Gozaban de un estatus de verdaderos semidioses.

El año de la foto, Thor había sobrevivido contra todo pronóstico al accidente de una aeronave que él pilotaba. Había salido ileso salvo por unos pocos moratones y enseguida siguió volando. Me pregunté si la foto se la habrían hecho antes o después del incidente. Intenté leer en su mirada si coqueteaba ya con la muerte, tratando de batir récords de altitud, confiando su vida a los caprichos del viento. Un año antes ocupó la primera plana de los periódicos gracias a que hizo el pino sobre la punta de la torre Eiffel durante un viaje a París, adonde sus padres lo habían mandado para que ampliara horizontes profesionales. Otra foto lo mostraba suspendido a sesenta metros del suelo, ejecutando un salto de esquí. Suyo era el cielo.

En otra fotografía, tomada en la corte de Noruega durante un baile de máscaras en 1917, lleva un disfraz de seda con flores bordadas y unas chorreras de encaje y ejecuta un paso de baile para el fotógrafo. En el dorso de la imagen, un sello con la inscripción «Colección del castillo» y la firma de Gustav Borden. Thor no encajaba en la Noruega de principios del siglo XX, austera, rígida y pía. Él era soñador y excéntrico. No sé gran cosa de él ni de mis antepasados de esa rama de la familia, aparte de que formaban parte de la alta burguesía y eran amigos íntimos de los reyes de Noruega y Suecia desde hacía generaciones. Sobrevino entonces una ruina social tan espectacular como inexplicable que obligó a mi abuelo a despachar gasolina en una estación de servicio ataviado con una pajarita, y a mi abuela a trabajar por primera vez en su vida con sesenta años, embalando regalos en un centro comercial de San Francisco. En aquel momento, mi padre se divorciaba de la civilización para hacerse a la mar.

En los tiempos en que eran una familia influyente, cuando nada, ni siquiera la Gran Depresión, parecía poder afectarles, Thor abandonó Noruega para establecerse en Francia obedeciendo a las presiones de su padre, que consideraba que lejos de la nieve y la tentación del esquí su hijo se concentraría en los negocios. Los noruegos se representaban toda Francia como en las postales que habían visto de la Costa Azul y no imaginaban que allí también había nieve.

Mi padre tenía por tanto cinco años cuando la familia se trasladó a Neuilly-sur-Seine. Thor lanzó una empresa que pronto se convertiría en una de las fabricantes de esquís líderes de Europa, los esquís Thor Tangvald. Siguió esquiando y llegó a ser el entrenador del equipo francés en los Juegos Olímpicos de 1932 y 1936.

En una entrevista concedida al diario *L'Équipe*, que presenta a Thor como un «semidiós», el periodista le pregunta si su hijo, que está presente durante la conversación, practica ya el esquí. «Por supuesto, como todos los niños noruegos —responde él—. Pero nunca será campeón. No tiene esa disposición».

La familia vivía en un piso grande donde mi padre y su hermano pequeño, Odd, solo tenían acceso a su propio dormitorio y a las dependencias del servicio; ignoraban qué aspecto tenía el resto de la vivienda. Oían las veladas mundanas y extravagantes que sus padres organizaban con pasión y de las que luego hablaban durante semanas. Un día, a Per lo despertaron los sollozos de su madre y encontró el descansillo cubierto de flores. Los periódicos habían anunciado el fallecimiento de Thor a resultas de una caída espectacular durante una competición de salto de esquí en Laus. Los médicos habían declarado a los periodistas que no pasaría de esa noche. Sin embargo, salvo por unas cuantas fracturas en los pies, Thor salió ileso, y tras unos meses de reposo reanudó su actividad habitual.

La familia huyó apresuradamente de París en 1939, cuando se dieron cuenta de que estallaba la guerra. Regresaron a Asker, en la campiña noruega, cerca de Oslo, a una casa grande a orillas del agua.

Thor, a la sazón capitán del Ejército noruego, fue capturado por los nazis durante la invasión del aeropuerto de Sola. Lo exhibieron por las calles de la capital, avanzando con las manos en alto por delante de los alemanes que lo apuntaban con sus armas. Se publicaron fotos en los periódicos de todo el país. Al final lo usaron para un intercambio con un prisionero alemán y pudo volver a casa.

De pequeño, mi padre no dormía por las noches. Era melancólico y de nervios delicados. Su madre acabó percatándose de que algo no iba bien y lo llevó a un psiquiatra. Una tarde, Thor vio a su mujer darle un medicamento al niño. Descubrió en aquel momento con horror y estupefacción que su propio hijo, como un ser enclenque y patético, acudía a la consulta de un psiquiatra y estaba en tratamiento desde hacía años. Al día siguiente, Peter descubrió un barco amarrado en el embarcadero de detrás de la casa, así como a un mentor que lo entrenaría a diario, de la mañana a la noche, hasta convertirlo en un hombre. Así fue como nació su pasión por la vela.

* * *

Edward observaba los pájaros a través de la ventana con los ojos azules perdidos en el vacío. Lo dejé sumido en sus pensamientos y bajé a la pequeña sala de la planta baja que parecía haber servido de taller en otros tiempos. Olía a cuero y a madera y estaba plagada de objetos variopintos acumulados a lo largo de toda una vida y yuxtapuestos de manera inverosímil: herramientas de madera maciza, pesados maletines de metal llenos de fotos y cartas de viejos amigos... Abrí el cajón del escritorio, introduje los dedos entre las baratijas y agarré al azar una medalla al valor de la Segunda Guerra Mundial. Aquí, las muchas vidas de Edward se entremezclaban en el caos. No me quedé mucho rato. No había fotos de mi padre, pero me sentí atraída por una estantería estrecha y desordenada hacia la que extendí la mano para coger un cuadernito amarillo con el lomo rojo y una inscripción a mano: *WINDFLOWER Cruise from England toward California 1957-1958*. Lo hice sin pensar, con la misma naturalidad con la que habría descolgado un teléfono.

Era el cuaderno de bitácora que mi padre había llevado durante su primera travesía por el Atlántico. Reconocí su caligrafía fina y redondeada. En el momento en que escribió aquellas letras bien centradas en el cuaderno virgen y nuevo se esmeró en poner «en dirección a California» y no «con destino California», por si cambiaba de rumbo por el camino. En aquel instante todo estaba aún por escribir: era a la sazón ingeniero en una fábrica. Él y su mujer compartían una casa grande con piscina en Beverly Hills, adonde emigraron después de la guerra.

Manipulé aquel objeto con la punta de los dedos, la encuadernación en tela roja desteñida y las tapas amarillas, los bordes del papel se abarquillaban hacia dentro. Lo abrí con cuidado, oyendo la cola vieja crepitar a la vez que descubría la primera página, cubierta de pequeñas manchas de grasa y moho. Subió hasta mi nariz una fragancia a papel antiguo.

Mi padre se disponía a lanzarse al vacío. Cerré el cuaderno por si contenía aún una parte de su espíritu, de su olor. Por temor a que escapara. Debía refugiarme para leerlo. El cuaderno era tan pequeño como un secreto. Volví al hotel. Descorché una botella de vino. Daba vueltas en círculos, sola en mi habitación. Hablaba sola. Nunca había estado tan cerca de él.

Tuve que comprar una segunda maleta grande para dar cabida a los centenares de cartas que mi padre había intercambiado con sus amigos. La tenía, abierta, encima de la cama individual que había junto a la mía, y en ella las cartas amarillentas se acumulaban sin orden ni concierto, como dientes rotos en una boca insaciable.

Intentaba no quedarme dormida. Me sentía agotada desde que había llegado a Andorra, a pesar del aire puro de las montañas. No me acostumbraba a semejantes alturas.

Las paredes de la habitación que había alquilado estaban recubiertas de un papel pintado de flores rosas y moradas. Los pétalos abiertos, como caras frágiles y exuberantes en la punta de los tallos, se combaban en todas direcciones, lánguidos y obscenos. Parecía que aquellas flores estuvieran buscando algo, que hubieran oído un ruido, una palabra pronunciada por alguien que no podían ver. Tenía la sensación de flotar por encima de ellas. No sabía quién atormentaba a quién.

El hotel, siempre vacío en aquella época del año, estaba sumido en un silencio lúgubre. Los turistas acudían sobre todo en invierno para esquiar. El polvo que flotaba en la habitación de Thomas recubría aún mi paladar. Abrí la ventana para tratar de espabilarme, pero de nada sirvió.

Nunca había visto montañas tan imponentes. Parecían olas gigantescas de una tempestad inmóvil. Pensé en Thomas y en cómo debió de sentirse aquí. Nada más llegar a Andorra empezó a sufrir ataques de letargo bruscos e irreprimibles que podían llegar a durar días.

Abrí con esmero el cuaderno de bitácora de mi padre sintiendo que me pesaban los párpados, como para quedarme dormida con sus palabras.

✻ ✻ ✻

Miércoles, 11 de diciembre de 1957

He amanecido una hora antes que el sol para admirar el proceso de nacimiento de un nuevo día. ¡Qué espectáculo asombroso! Y qué vida tan distinta de esa otra a la que estoy acostumbrado:

*montarme en el coche aún medio dormido, circular por calles lle-
nas de gases de escape y llegar a la oficina todavía apestando al
tabaco de la víspera.*

*¿Quizá debería seguir recorriendo el mundo? Podría cambiar
este barco por otro más pequeño, pongamos de veintiocho metros
de eslora, un queche, y seguir navegando hasta Tahití, Japón, el
mar Rojo, el Mediterráneo y de nuevo el Atlántico.*

* * *

Soñé con paredes floreadas; tenía que arrancar el papel pintado y repintar de azul. Era la única manera de dejar escapar mi
alma. En el sueño me encontraba en un cuarto con una puerta alta y estrecha, hecha a medida para mi padre. Yo miraba
los objetos de la habitación que en otros tiempos había sido de
mis padres: un hornillo pequeño, unos libros y varios televisores superpuestos que no funcionaban o que emitían solamente imágenes con nieve. No podía evitar pensar que los
habían amontonado allí más con la intención de deshacerse
de ellos que de regalármelos. Me preguntaba por qué los con-
servaba y por qué vivía rodeada de tamaño desorden. Sin embargo, me gustaba.

Una escalera llevaba a una habitación en la planta superior
a la que me habían prohibido el acceso. Una vez arriba, descubría que el cuarto estaba lleno de tablones y astillas de madera,
algunos podridos y oscurecidos por el tiempo mientras que
otros parecían secos y agrisados por efecto del agua. La visión
de los tablones me sumía en un estado de pánico. Me precipi-
taba escaleras abajo gritando. Se lo contaba todo a mi madre,

que me explicaba que era tarea suya limpiar el desaguisado. Yo no la creía.

Subía de nuevo al cuarto y los tablones ya no estaban. Ahora era un dormitorio infantil con dos camitas y una cuna. Yo me sentía destrozada, asediada por el clima de secretismo y vergüenza que allí reinaba.

Uno de los televisores se encendía. La imagen chisporroteaba demasiado para distinguir nada. Le aseguraba a mi madre, sin verla, que algún día aquel lugar sería increíble, que yo iba a limpiarlo de arriba abajo y que se convertiría en una gran casa en la que yo viviría. Mi madre me advertía que el aire estaba viciado. Y empezaba a repetir: «No puedo respirar. No puedo respirar. No puedo respirar». Yo le reprochaba que hubiera condenado el lugar antes siquiera de haber intentado sanearlo. Una duda se instalaba entonces dentro de mí: ¿me habían dejado mis padres aquella casa sabiendo que estaba maldita y poblada de ese aire que estaría sucio, húmedo y contaminado para siempre?

* * *

Aquel estado de somnolencia me dominó mucho tiempo, incluso después de haber regresado a Montreal. No lograba salir de la postración en la que me había deslizado durante el viaje a Andorra. Perdía peso a ojos vistas y ya no sentía gran cosa, aparte, quizá, de una vaga angustia apenas perceptible, aunque obsesiva. El zumbido de una mosca atrapada entre los dos cristales de una ventana. Lo único que me importaba era tejer calcetines en mi despacho recalentado. El frío me calaba los huesos. Debía poner el termostato a treinta grados para no tiritar. Me había negado a acompañar a Jean, que había vuelto a Costa Rica para grabar un disco nuevo. Había preferido quedarme sola en casa sin salir de mi despacho más que para dormir y recoger los pedidos de comida preparada que me dejaban en el felpudo. No soportaba ninguna voz humana aparte de la del narrador de *Breve historia del mundo*, que me ponía en bucle para escuchar una y otra vez cómo Aníbal había atravesado los Alpes a lomos de un elefante y cómo, a la muerte de Barbarroja, un pueblo entero se convenció de que solo estaba dormido y embrujado en una montaña encantada y rodeada de cuervos de la que algún día regresaría victorioso y ataviado con su armadura plateada. Estaba en una especie de trance. Sin cambiarme ni asearme durante semanas, tejía hasta que me sangraban los dedos. Cuando Jean regresó, empezó a irradiarse desde mi nuca un dolor tan persistente que llegó a impedirme andar. Al final no me quedó más remedio que darme un baño y salir a la calle para que me lo trataran.

Tan pronto como puse un pie en la consulta, el osteópata me ordenó que me irguiera para poder examinar mi postura.

—¿Ha sufrido usted un traumatismo craneal?

Era más afirmación que pregunta. Disimuladas bajo mi cabello, unas cicatrices grandes e irregulares me recorrían toda la mitad derecha de la cabeza. Había tomado por costumbre rascarme las postillas, hasta tal punto que la herida no había llegado a cerrarse del todo. Nunca había sospechado que mi cuerpo cargara con otras huellas de mi reencuentro con mi hermano diez años atrás.

—Tuve un accidente de coche, pero fue hace mucho tiempo.

—¡Un señor accidente tuvo que ser! Túmbese.

Me palpó con las yemas de los dedos como suelen hacerlo los osteópatas, igual que haría un extraterrestre con un humano. Se detuvo en mi caja torácica. Ahí radicaba el bloqueo. Con una mano en mis costillas, me pidió que pensara en algo alegre. Elefantes deslizándose por la nieve. Luego, en un recuerdo doloroso. Me pregunté si Thomas sintió miedo en el instante de su muerte. Diagnóstico listo. De la manera más fáctica posible, como si me anunciara que tenía una cistitis, me explicó que mi caja torácica se había replegado alrededor de mis pulmones para protegerlos. Que los pulmones eran los órganos del pesar y el duelo. Que el dolor que sentía en la nuca estaba provocado por esta contracción. Él podía quitarme el dolor, pero me lo desaconsejaba, pues mi pesar acabaría manifestándose por otra vía potencialmente más grave. En lugar de eso, me recomendaba que me enfrentara a ello. Escudriñé a aquel tipo alto y flaco que parecía un joven funcionario, con la camisa blanca remetida en el pantalón negro y un corte de pelo atildado. Le pedí que me quitara el dolor de la nuca y él siguió palpándome de un modo tan preciso como superficial; el dolor desapareció.

A la mañana siguiente, no podía respirar. Estaba empapada de sudor y demasiado débil hasta para sentarme. Una ambulancia me trasladó al hospital, donde me aislaron en una habitación. Para entrar, los médicos debían ponerse un mono integral y mascarilla. Una infección se había propagado por mis pulmones. Era una simple neumonía. Creía que la gente solo se moría de neumonía en las novelas de Dostoievski, pero cuando al cabo de una semana los doctores seguían sin dar con un antibiótico eficaz y mi estado no hacía más que empeorar entendí que efectivamente cabía la posibilidad de que no lo contara. Era feliz en el hospital, entre aquellas cuatro paredes amarillas que me recordaban al color de las patatas fritas. Una cortina blanca me separaba de Tony, el italiano gordinflón y roncador con el que compartía habitación. Era feliz dejándome llevar, aliviada de que no se esperase de mí fuerza alguna. Ni siquiera necesitaba encontrar algo bello. Me limitaba a mirar el techo. Leí un libro sobre otra familia disfuncional, la de *Nada se opone a la noche*, para olvidarme de la mía. Alguien venía a asearme de vez en cuando. Como estaba conectada a un suero, ni siquiera necesitaba comer.

Jean, que en aquel momento estaba dando unos conciertos para los que debía maquillarse el rostro con polvos blancos y pintarse los ojos de negro, me visitaba todos los días para hacerme compañía y cambiarme los calcetines por otros de cachemir que compraba para mí. Después de los espectáculos se desmaquillaba de cualquier manera, de modo que se asemejaba a la muerte cuando me contemplaba amorosamente, velándome con sus ojos gentiles. Un espectro titubeante y empolvado. Al cabo de dos semanas de hospitalización y de varias sesiones de reeducación respiratoria, el médico me preguntó si me sentía preparada para volver a casa. Mi vacilación sembró dudas en él, pero al final, unos días después, me instó a marcharme.

De vuelta en el piso saqué la maleta grande de Andorra que contenía todos los álbumes de fotos, las cartas, los artículos de prensa, y empecé a organizar todos los documentos que había desenterrado. Para gran desesperación de Jean, me enfrasqué en una especie de manía: colocaba las hojas en el suelo formando columnas, una para cada año. De pronto ya no se trataba de historias flotantes sino de lugares, imágenes, fechas precisas. Cuando el suelo se quedó pequeño, forré de papeles las paredes. Pasaba los días acuclillada sobre folios amarillentos y fotos roídas por el tiempo y el agua salada. No los tocaba para no trastocar su orden.

En sus relatos, las siete mujeres de mi padre hablaban de él siempre con el mismo optimismo, validando sus decisiones y encumbrándolo. Daba igual que tuvieran cincuenta años o dieciocho, que fueran originarias de Malasia, Marsella o Noruega. Yo tenía la esperanza de que, al desplegar todos los elementos por orden cronológico, sus voces surgieran de forma diferente. Esperaba que de esa manera se revelara otra historia.

Desfilaron así ante mis ojos infinidad de imágenes de la vida de mi padre. Cobró forma un mosaico cada vez más imponente. La foto de una manada de renos en la nieve. Per, de niño, agarrado a una barandilla, tocado con una boina blanca. Thor y Rigmor, jóvenes y elegantes, posando delante de un avión biplano. Fotos de su casa en Asker, ciudad en la que se refugiaron durante la guerra y donde mi padre aprendió a navegar a vela. Un barco amarrado al embarcadero, unas aguas de una blancura deslumbrante. Thor y Rigmor más viejos, con los tres primeros hijos de Per. Esos de los que él no hablaría jamás. Jørgen, Janike y Jessica, de entre dos y cinco años, vestiditos de blanco, con sendos gorros y jugando con un cubo en la mano alrededor de una bonita casa.

Los lugares, los rostros, todo se concretaba entre mis manos sin que por ello entendiera qué era lo que me empujaba a rastrear cada movimiento de mi padre desde su nacimiento en Oslo en 1924. Al colocar los elementos en orden me percaté de que Reidun, su primera esposa, estaba embarazada de tres meses cuando se casaron. No obstante, se los veía enamorados y parecían compartir una aventura. Sus padres cuidarían de los dos hijos mayores durante la temporada que ellos pasaron en Estados Unidos, donde nació la tercera criatura.

Fotos con los bordes dentados de carreteras infinitas en blanco y negro. Peter y Reidun posan por turnos delante de un Chevrolet vintage. Son jóvenes, él va vestido con una camisa blanca de manga corta, tupé al viento; ella luce una melena corta y negra. Su falda larga ceñida alrededor de la cintura minúscula y levantada por el viento. Se la ve risueña. Atraviesan los Estados Unidos por la Interestatal 40. Connecticut, New Jersey, Ohio, Colorado, California. Se suceden los paisajes: desiertos áridos, comarcas fluviales, montañas rocosas y nevadas. El camino acaba en un amplio bulevar flanqueado de palmeras.

En 1951, Thor, dueño de una fábrica de esquís, había mandado a Peter a Estados Unidos para que aprendiera la tecnología punta que allí se desarrollaba. Se perfilaban las escenas. Una vida de postal. Una auténtica atmósfera «americana». Un muchacho descalzo y con peto sentado en el umbral de su casa apunta al cielo con una escopeta, como si fuera a matar unos pájaros por pura diversión. Un *diner*, un hombre con el torso al descubierto empuñando una pala y un cubo delante de una cabaña tras una cerca blanca y un césped bien segado, un supermercado, una lavandería. Una vida opuesta a la de la burguesía parisina y a la de la vida bien ordenada de Noruega.

En otra foto, Thor, Rigmor y Odd se bajan de un avión. Un águila inmensa arranca algo de las manos de Odd durante un pícnic. Ellos tres también se habían mudado a California, donde habían lanzado una empresa nueva de material de esquí, «Tangvald and Son».

Reidun dejó a Peter al cabo de un año, cuando se dio cuenta de que su marido no tenía ninguna intención de regresar a Noruega, como habían previsto. Le había cogido el gusto al sueño americano.

Fotos de Peter con el pelo liso, sentado delante de una máquina de la fábrica. Una casa con piscina. Coches de lujo.

Un anuncio en el periódico. *«Crossley' 47 Sedan in very good condition, must be sold today, best offer over 300$, Peter Tangvald, 2215 Glenarm apt. 5F».* Y otro: «Joven francés, alto, apuesto, inteligente y de excelente familia, busca mujer con casa y dinero, edad indiferente».

Dos fotos ilustran sendos artículos de diciembre de 1953 y muestran a un Peter que, tras lograr salir de un coche accidentado, reconforta a una señora, una tal Hélène Adams Deschamps, según el pie de foto. Su segunda esposa. Esa que mi padre contaba que lo había dejado el mismo día en que se arruinó. Una instantánea de ella en la cama, mirando a cámara con un rifle en la mano. Descubro que es una heroína de guerra, espía francesa durante la Segunda Guerra Mundial.

En la primera página del álbum más gordo de todos hay pegada una postal que inmortaliza un letrero: «No Parking». Un álbum de fotos que alberga exclusivamente retratos de mujeres. A veces en restaurantes, a veces en carretera, a veces en cueros. Reconozco a algunas, no a todas. Reidun y él se besan apasionadamente. Hélène, la segunda, posa desnuda delante de la chimenea. Lillemore, desnuda también bajo un delantal, enfrente de una cabaña. Tengo la sensación de estar contemplando una colección de mariposas clavadas en una tela de satén negro. Curiosamente, este álbum contiene también una foto de su madre.

El certificado de matrimonio de Las Vegas data de 1954. Per y Lillemore, cada uno a lomos de un burro, ataviados con sombreros desmesurados y ponchos; su luna de miel en México. Lillemore fue su amor de juventud en Asker. Nunca dejaron de cartearse. Después de que Peter se divorciara de Hélène, Lillemore viajó a Estados Unidos desde Noruega para establecerse con él en California.

Una foto de Peter, Lillemore, su hermano Odd y su mujer, embarazada, los cuatro sonrientes y echándose los brazos por los hombros. Descubro que ella se llamaba Virginia. Es muy guapa, cutis de porcelana, labios carmín y pelo rubio; le devolvió a Odd el gusto por la vida. Fue su enfermera cuando él recibía tratamientos para aliviar los insoportables dolores de espalda que sufría desde los dieciséis años. Odd había atracado un banco en Noruega durante la Ocupación alemana. Los nazis lo detuvieron, lo encadenaron desnudo a la tapia de un castillo y lo torturaron hasta que su padre pagó un rescate para que lo liberaran. Su espalda rota lo obligaba a someterse a tratamientos para mitigar el sufrimiento.

No fue el único robo en la familia. Un árbol genealógico dibujado a mano en un gran rollo de cartulina se remontaba hasta el siglo XVII. Iba acompañado de un artículo sobre un miembro de esta estirpe, ejecutado en la plaza pública en 1838 tras haber sido declarado culpable de asaltar y matar a un correo marítimo. La turbamulta se abalanzó sobre su cuerpo decapitado para impregnar pañuelos con su sangre.

* * *

Los primeros artículos de prensa sobre mi padre datan de su primera travesía, concluida en 1958. Uno de ellos describe su odisea de dieciocho meses a partir del titular *«Never Again»*, *says handsome sailor* [«"Nunca más", asegura el apuesto marinero»], y refiere todas las veces en las que mi padre se convenció de que iba a morir tras haber ignorado las alertas por huracanes a lo largo de la costa mexicana. El tono del texto oscila entre la burla y la admiración: me parecía que, al subrayar ya desde el mismo titular su temeridad y su belleza, trataba de insinuar que Tangvald era un poco idiota, sin por ello negar sus inverosímiles hazañas.

Al término de este primer periplo, Peter atracó en California, donde vendió el Windflower. El relato que más a menudo se repite es el que él mismo escribió en su autobiografía, a saber, que regresó a la fábrica, tal como estaba previsto, pero al cabo de quince minutos en fila con los demás empleados de semblante verde grisáceo ensamblando piezas de maquinaria bajo la luz de los fluorescentes cobró conciencia de que el mar lo había transformado de manera profunda. Ya no podía seguir llevando esa vida que tanto lo había complacido hasta entonces. El jefe aceptó su dimisión y Peter se marchó inmediatamente a Inglaterra para hacerse con un barco nuevo. Sin embargo, en otro manuscrito que nunca llegó a publicarse, el propio Per explica que sencillamente no tuvo valor para volver a la fábrica.

Saqué de mi maleta una biblia pequeña y flexible de cuero negro con los cantos dorados, demasiado pequeña para contener más que el Nuevo Testamento. Estaba en noruego, pero aun así entendía algunas palabras. En la parte superior: «Odd», seguido de «2 de agosto de 1959»; en el centro, «Para Per» y unas líneas de texto que no conseguía descifrar, y la firma «de Rigmor». El 2 de agosto de 1959, la fecha en la que falleció Odd, el hermano pequeño de mi padre.

El barco que mi padre encontró en Inglaterra se llamaba Dorothea, un viejo cúter inglés construido en 1934. Lo primero que hizo fue quitarle el motor, que le recordaba demasiado al trabajo de la fábrica. No soportaba el olor de la gasolina. El día antes de zarpar —tenía pensado navegar hasta Casablanca en compañía de Lillemore—, mi padre recibió un mensaje. La noche anterior, volviendo a su casa, Virginia había oído el llanto histérico de su bebé en la planta de arriba. El pasillo del recibidor estaba a oscuras, pero entreveía la luz del dormitorio que había en lo alto de las escaleras. Al entrar en la habitación descubrió en el lecho conyugal, al lado de la cuna en la que se desgañitaba su criatura, el cuerpo de Odd sin cabeza, con el cerebro desparramado por el cabecero de la cama igual que una flor y una escopeta en los pies.

Unas páginas más adelante, en la bitácora, localizo el nombre de Simonne, a la que conoce en Martinica. A ella le confiará que a su regreso de la regata transatlántica su hermano le presentó a su hijo, Thor, y se le encaró a propósito de una aventura que presuntamente Peter había tenido con Virginia. Exigía saber quién de los dos era el padre de Thor. Per se negó a contestar y se marchó a Inglaterra para comprar un barco, el Dorothea, con el que daría la vuelta al mundo.

¿Cómo reaccionó mi padre a la noticia de la muerte de su hermano? ¿Hay una historia entre estas hojas desperdigadas por el suelo? No tengo el diario de a bordo del Dorothea, pero sí el libro de visitas. «Sud Beg-Meil, agosto de 1959. En recuerdo de los buenos momentos pasados en compañía de Peter Tangvald y su mujer en la "bahía del bosque". Buen viaje a Casablanca y a lo que venga después. Con mucho cariño». La firma es ilegible. Cuando llegaron a Vigo, Lillemore desembarcó y regresó a Noruega en avión. A partir de entonces, le pierdo por completo la pista.

Me he comunicado alguna que otra vez con Thor. Nunca había imaginado la posibilidad de ser mi medio hermano, a pesar de que le habían mantenido alejado de su familia paterna, sin saber el porqué. Se sacó el título de ingeniero antes de pasarse a la psiquiatría. En sus fotos con dieciocho años que aparecen en el anuario, al más puro estilo americano, posa con chaqueta y corbata, los ojos muy abiertos y la mirada perdida, fija en una expresión de aturdimiento. Me he preguntado si el fotógrafo trató de intervenir antes de decidirse a captarlo así. Su jubilación era inminente en el momento en que hablamos y me contó que también era brujo, que leía cristales y escuchaba mensajes en el viento, como una historia que se deslizara a su alrededor sin que él captara del todo su sentido. Entendí perfectamente a qué se refería.

6

Puerto Rico, 2014

La noche antes de volar a Puerto Rico soñé con los hijos de Thomas. Con su pelo rubio clarísimo casi blanco, como el de su padre. Afloraban en mí los recuerdos del niño magnífico que fue mi hermano. Con su desaparición se difuminó la viscosa sensación de miedo que Thomas me inspiraba y que me obligaba a mantener las distancias. Aun así, sigo buscando su cara entre la gente, sobre todo entre los ciclistas que pasan por la calle, tan fugaces que no llego a analizar sus rasgos. Si se parecen a mi hermano, por poco que sea, los sigo con la mirada hasta que se pierden de vista, y a continuación reconstruyo sus rostros mentalmente. Conservo para mí esas caras el máximo tiempo posible para fundirlas con la de mi hermano. A veces incluso les pido que se apeen de la bici y se acerquen. Me dicen algo en secreto. Oigo la voz de mi hermano.

Muy a mi pesar, sigo esperando verlo aparecer. Bastaría con que se cortara el pelo para que nadie lo reconociera. En Puerto Rico me horrorizaron sus rastas larguísimas hasta los muslos. Me recordaban a colas de rata. Una especie de apéndice a su organismo, algo que salía de él pero se había vuelto ajeno y empezaba a tener vida propia. Un animal siniestro, sucio y feroz agazapado sobre sus hombros, clavándole las zarpas hasta los pensamientos.

Sin embargo, después de su desaparición, de pronto cobré conciencia de que seguramente no se había vuelto a cortar el pelo desde el naufragio de nuestro padre; de que en la punta de las rastas había aún cabello del niño que flotó en las aguas negras aquella noche de julio sin luna. ¿Se aferraba Thomas a aquel niño perdido como una serpiente que se niega a deshacerse de su piel vieja hasta quedar deforme? Aquellas rastas se volvieron entonces importantes para mí: si Thomas había muerto en el agua, su cuerpo sin vida se habría hundido al principio para luego, por efecto de los gases de la descomposición, remontar a la superficie hasta que la carne se desintegrase del todo. Por lo tanto, no quedarían más que los huesos blancos calcáreos que se hundirían de nuevo para posarse en el limo antes de que se los tragara la siguiente marea. Pero ¿y las rastas? ¿Flotarían por un tiempo, como una lápida muda y errante, testigo postrero de la vida de mi hermano, su último murmullo: «Aquí estoy»?

Era de noche cuando aterricé en Puerto Rico. Christina me esperaba en el aeropuerto para llevarme a la casa de su madre, Ivelisse, donde vivían ella y los niños. De puntillas rodeamos la docena de perros callejeros que Ivelisse cuidaba. Amodorrados alrededor de toda la vivienda, se limitaron a levantar el hocico en nuestra dirección para olisquearnos antes de volver a echarse a dormir. Entramos sin hacer ruido, atravesando a tientas la oscuridad de aquel lugar donde había abrazado a mi hermano por última vez siete años antes.

Lo primero que vi nada más abrir los ojos fue la cara preciosa de Gaston a escasos centímetros de la mía; esperaba impaciente que me despertara.

Nos abrazamos sin decirnos nada. Le acaricié el pelo rubio y rizado igual que había hecho en sueños. El mismo pelo que Thomas, solo que en una cabeza de niño de ocho años, suave y magnífico.

—¡Buenos días, Gaston! —exclamé por fin en el tono más luminoso del que fui capaz.

—Te voy a enseñar a tirar con arco —me contestó justo antes de encaminarse hacia la puerta que daba al jardín.

Yo había dormido en el sofá. Christina, su madre y los dos niños, en la cama doble del dormitorio. Gaston había sido el primero en despertarse. El aire acondicionado había estado funcionando a tope toda la noche. Me precipité tras él sin darme tiempo a ubicarme en el espacio. Al franquear la puerta, el calor y la luz deslumbrante me abrumaron con tal intensidad que a punto estuve de perder el equilibrio. Corrí tras él, descalza por la grava y con el pijama de algodón rosa que había comprado para la ocasión, con el fin de transmitir a la familia de Christina la imagen de una vida ordenada.

Gaston recogió el arco y una de las flechas que había dejado en la hierba. Mientras yo me afanaba en quitar los cascajos que se me habían incrustado en las plantas de los pies, él me enseñaba cómo colocar los dedos y cómo tensar la cuerda para disparar. Observaba y reconocía aquel cuerpecillo; se parecía al mío, al de Thomas, al de nuestro padre. Los mismos brazos larguiruchos y nudosos, las mismas clavículas prominentes, los mismos omóplatos.

* * *

—Tienes que decirle a Christina que deje de esperarlo —me dijo Ivelisse a la vez que añadía una pizca de sal al chocolate caliente que me preparaba.

Llevaba allí unos días cuando me encontré a solas con ella una tarde. Acababa de confiarle que la víspera del accidente de coche, nada más ver a mi hermano, me había embargado la honda intuición de que la muerte nos acechaba. Ella agachó la cabeza con nerviosismo mascullando algo entre dientes; sabía perfectamente a qué me refería. Me ofreció la taza y me invitó a ponerme cómoda en el comedor.

—Christina sigue pensando que cualquier día reaparecerá. Así no está en condiciones de rehacer su vida. Yo no me canso de decirle que, si él no hubiera desaparecido, si ella hubiera vuelto con él, habría sido la siguiente Lydia, y Gaston habría sido la siguiente Carmen.

Me cuenta que un día Thomas llevó a Christina a un ingenio de azúcar abandonado, sin darle explicaciones. Estuvieron allí un rato y con las mismas se marcharon, sin que Christina entendiera nada. Ivelisse estaba convencida de que la intención de Thomas había sido matarla pero que cambió de idea.

Un perro vagabundo con el pelo trenzado y heridas en carne viva. Esa fue la primera imagen que tuvo de Thomas. Era como si Christina le hubiese traído otro animal abandonado.

Mi hermano era estudioso y brillante, me decía, pero aun así algo en él no encajaba. Christina se había mantenido fiel a su lado, conmovida por su dolor. Quería cuidar de él. Poco a poco, un retablo de la niñez de Thomas cobró forma en la mente de Christina. Una niñez confinada en su oscura cabina todas las noches mientras el padre salía a ligar. Donde con diez años contrajo un parásito y, para curarlo, Peter lo tuvo en ayunas siete días. Las cenas repartiéndose entre tres una cacerola de agua en el centro de la cual flotaba una zanahoria hervida; que fuera tan menudo se debía a que había sufrido desnutrición. Las súplicas a su padre para que se quedaran más tiempo en puerto cuando se enamoraba de alguna chica. Las mil veces que su corazón se había roto en pedazos. Los ojos de Ivelisse se enrojecieron y su voz tembló de pena e indignación mientras me escudriñaba. Yo adivinaba que su emoción la llevaba a superponer la cara de mi hermano a la mía. Procuré no moverme.

—¿Por qué quieres desenterrar el pasado de tu padre? Te voy a decir yo quién era: un niño rico que solo pensaba en sí mismo y que se comportaba como cualquier niño rico. Arrogante y egoísta.

¿Por qué quería yo exhumar semejante fantasma? Las noches en que ella sabía a su hija y sus nietos flotando en las aguas negras se despertaba gritando, fulminada por visiones terroríficas. Entonces los perros vagabundos ladraban y gañían en coro con ella, formando alrededor de la casa una bóveda de agonía y tristeza.

—Cuando vivían en el barco, Gaston dormía en la cabina delantera. Un día me dijo que, si chocaban con unos arrecifes, él sería el primero en morir. Le regalé un atrapasol para que lo colgara de su cabina. Le dije que cada vez que tuviera miedo mirase los puntos de luz bailando a su alrededor. Entonces sabría que yo estaba con él. Yo no iba a dejarlo morir. ¡Tu hermano tendría que vérselas conmigo!

Su voz se tornó cavernosa y amenazante. Mirándome fijamente, se puso a repetir como un oráculo en trance y dando golpes sobre la mesa con la punta del dedo índice para recalcar cada palabra: «¡Y he ganado yo! ¡Los he recuperado!».

La última mañana de mi visita fui a la playa con Gaston. Nos sentamos en la orilla y peinamos la arena con los dedos en busca de conchas. Gaston me enseñó un guijarro: «¡Mira! Es mi padre. Esto es el pelo, esto los ojos y esto, la boca». Nunca me había atrevido a nombrar a Thomas delante de Gaston. Sin saber muy bien qué decir, le pregunté si creía que Thomas lo había dejado ahí para que él lo encontrase. Leí en sus ojos que le parecía rara de narices y que me tenía un poco de lástima. Había cometido el desatino de refugiarme en conceptos esotéricos de lo más banales.

Christina y todos los amigos de Thomas acariciaban la idea de que estuviera vivo, escondido en algún rincón de Brasil, rehaciendo su vida en una tribu amazónica. La luz era suave, y los ojos de Gaston, más claros que nunca. Me contestó: «No, porque mi padre está muerto». Aquel niño de ocho años era el único que se enfrentaba a la muerte y la nombraba como tal.

Había tenido un sueño. Su padre venía a despedirse. Él, a su vez, escribió una carta de adiós que introdujo en una botella para echarla al mar. Pero en el momento de lanzarla, Christina entendió lo que estaba pasando. Una angustia entreverada de rabia se adueñó de ella y le confiscó la botella a su hijo. Con el tiempo, la duda abrió un surco en el corazón del niño, que otra vez empezó a esperar que su padre regresara. Los profesores de Gaston y Lucio exhortaban a Christina a que les anunciara el fallecimiento a los niños.

—¿Cómo voy a decirles eso, si yo misma no lo sé? Les he dicho la verdad. Que su padre se marchó en circunstancias difíciles y que probablemente naufragara. Pero también que nadie conocía el mar como él y que si alguien era capaz de sobrevivir en sus aguas, ese era Thomas.

La duda, por tanto, persistía.

* * *

Había muchas preguntas que no se me ocurrió hacer cuando llamé a los guardacostas guayaneses. Las circunstancias de la desaparición se perdían en un velo de murmuraciones. Nadie lo vio salir del puerto aparte de unos cuantos pescadores que, al ser clandestinos, se hacían los sordomudos. Las especulaciones se multiplicaban y me emborronaban la visión igual que un enjambre de moscardones, revoloteando a mi alrededor y formando una espesa bruma negra. Cuando me ponía en contacto con la guardia costera guayanesa para esclarecer los hechos, los funcionarios ya no eran los mismos y el expediente se había extraviado. Me invitaban a volver a llamar o bien no me oían, a pesar de que yo gritaba al aparato.

—Parece que esté usted hablando con la cara hundida en una almohada, señora.

A veces se ceñían a un escueto «el expediente está cerrado» y rehusaban dar más detalles. Para buscarlo en el sistema me pedían su nombre completo y su fecha y lugar de nacimiento con el mismo tono distante que habría empleado un camarero para preguntarme de qué quería la pizza. Y cuando les explicaba que había nacido en altamar, oía interrumpirse el tintineo de los dedos en el teclado al otro lado de la línea.

—Pero ¿de qué país?

—No nació en ningún país, nació en altamar.

—¿Qué ponía en su pasaporte?

—«Nacido en altamar».

Aparentemente, el sistema no contemplaba una casilla para «nacido en altamar». Seguían interrogándome, esta vez en un tono más comprometido, casi alborozado, pero mis respuestas ya no quedaban registradas: el tintineo no se reanudaba. A pesar de la curiosidad, ya habían abandonado toda perspectiva de búsqueda.

—¿Adónde se dirigía?

Ni idea. A algunos les había hablado de Natal, a otros de Fernando de Noronha, Salvador de Bahía, Trinidad y Martín Vaz.

* * *

Una vez atracado en el puerto de Remire-Montjoly, Thomas se apresuró en desmontar el interior del barco en busca de esos tablones podridos por los que se había colado el agua fangosa del río. Tuvo que soltar el lastre que llevaba acoplado en el fondo de la quilla, seis toneladas de plomo, y dejarlo en el embarcadero para poder identificar los tablones sospechosos. Pero un día, tras una breve ausencia, el lastre desapareció. El casco flotaba igual que un corcho, reducido su aspecto al de un monigote ridículo medio desarticulado, con el mástil inclinado cuarenta y cinco grados. Los tablones del costado del casco que ahora quedaba expuesto al sol se habían secado y contraído paulatinamente y amenazaban con dislocarse y rajarse. El barco se había vuelto inhabitable y la familia tuvo que trasladarse a una casa okupa infestada de ranas y sarna mientras él efectuaba las reparaciones. Thomas se pasaba el día recorriendo la ciudad en una bicicleta a la que había acoplado una carretilla, buscando materiales pesados para sustituir el plomo. Pero era inútil.

El barco seguía desintegrándose. Y Thomas, que bebía cada vez más, también. Las reformas avanzaban a trancas y barrancas. El pequeño tenía sarna y nadie quería tocarlo. Cuando las llagas de la cara empezaron a infectarse, Christina comprendió que ya había aguantado suficiente. Una noche, mientras Thomas yacía en el centro de la estancia invadida por los efluvios del ron, registró toda la casa okupa hasta que recuperó tanto su pasaporte como los de los niños, que mi hermano había escondido. Cogió lo que le cupo en el macuto, se subió a un autobús y se registró en un hotel cerca del aeropuerto, desde donde llamó a su madre, que le compró al instante los pasajes.

Por la mañana estaban esperando en la cola del diminuto aeropuerto cuando Gaston vio llegar a su padre. Thomas se había despertado y se había presentado en el aeropuerto, presa de un frenesí desesperado.

—Sé que quieres hablar con él, Gaston, pero no lo llames —advirtió Christina—. Si tiene que encontrarnos, nos encontrará. Si no, nos iremos con él a Brasil cuando el barco esté arreglado.

Christina decidió no esconderse. Rendirse a la suerte que el destino le deparase. Varias veces pasó mi hermano por su lado, y ella cerraba los ojos y respiraba hondo. Cuando por fin les tocó el turno, les informaron de que debían pagar un extra porque habían estado allí más tiempo del que permitían sus visados. Atravesaron entonces el aeropuerto de nuevo, cruzándose otra vez con Thomas. Les faltaba por pagar el pico, y por tanto tuvieron que pedir suelto en las tiendas. Una y otra vez se cruzaron con Thomas y siempre permanecieron invisibles para él.

Christina y Gaston lo miraban recorrer los pasillos del aeropuerto, espantado, en busca de su familia. Pero por más pequeñas que fueran las instalaciones y por más que su familia resultara casi fluorescente a ojos de los lugareños, mi hermano no fue capaz de localizarlos. Christina y los niños embarcaron y su avión despegó en dirección a Puerto Rico. Ella le escribió una carta nada más llegar a destino.

* * *

La única esperanza de encontrar la embarcación de mi hermano era que la red de un pescador se enredase en ella por azar. Sin embargo, los pescadores, que no tenían ninguna fe en la policía, no se prestarían a declarar. Aun así, yo esperaba que me lo confiasen a mí si conseguía mirarlos a los ojos. Habían convivido con él todo un año, habían sido testigos del lento descenso a los infiernos de Thomas tras la desaparición del lastre. Desde el principio sospechó que los ladrones de las seis toneladas de plomo habían sido los propios pescadores. Según él, eran los únicos en condiciones de mover una carga tan pesada en tan poco tiempo. Thomas juraba que justo antes de zarpar les robaría algo a cambio.

El puerto, dejado y abandonado, ya solo se limitaba a un puñado de muelles dispuestos para recibir a las embarcaciones pesqueras, que se amontonaban unas detrás de otras formando una ciudad de madera, una ciudad de hombres, de barcos viejos y primitivos sin velas rematados por cabinas altas. A la sombra se veían hombres durmiendo en hamacas, y al sol, ropa tendida en cordeles. Se alzaban por encima del conjunto unas astas altísimas coronadas por banderas hechas de bolsas de plástico rojas y negras desflecadas que ondeaban al viento, junto a redes verdes llenas de flotadores amarillos.

El día que fui al encuentro de estos pescadores del muelle de Remire-Montjoly, todos me recomendaron que hablara con el que mejor había conocido a Thomas, Valdrici, un hombre achaparrado de ojos indolentes. El mayor de la cuadrilla. Tuve que pasar por encima de varios barcos para llegar hasta él. Los cubos de pescados centelleantes al sol, con ojos claros y saltones, brillantes, parecían escuchar las conversaciones.

Un barco había zozobrado la semana anterior a raíz de que el mar se sublevara sin previo aviso. Lo habían descubierto vuelto del revés. Yo tenía entendido que los pescadores mantenían con la muerte una relación diferente a la del común de los mortales y me preguntaba qué significaba aquello. El agua era tan opaca, fangosa e inquietante que me pareció que de ella podría surgir cualquier criatura extraña. Tenía tantas preguntas que hacerles; pero aquella ciudad en miniatura me intimidaba. Allí no había sitio para mí. Thomas se había relacionado con aquellos hombres durante meses. Yo buscaba vestigios de mi hermano en sus ojos. La comunicación se revelaba difícil, y la conversación, forzada. Me sentía entre ellos tan ágil y útil como una melcocha pastosa que ya empezara a derretirse.

Valdrici me escuchó con paciencia chapurrear en español sin dejar de desenmarañar las mallas de una red de pesca. Me pareció entender que había visto a Thomas zarpar en malas condiciones. Señaló con el dedo hacia el río pardo y gris, desde el que se elevaba una bruma de un color parecido y contra la que se estrellaba un silencio implacable. «Muy peligroso, muy muy peligroso», añadió a la vez que un fulgor de angustia le nublaba la vista.

Le pedí que me llevara. Quería ver las aguas en las que había desaparecido mi hermano, aquel río fascinante y mortífero donde yo me mantenía en suspenso. No se mostró sorprendido. Me propuso que volviera a las cinco de la mañana.

* * *

Un pescador que rondaba el aparcamiento se me acercó en el momento en que me marchaba, como si hubiera estado esperándome. Con los pies ensangrentados y unos ojos enrojecidos y marcados por el crack me hacía señas con nerviosismo para que lo siguiera detrás de una construcción de hormigón, donde los otros pescadores no nos verían. La víspera, en la place des Palmistes, en el corazón de Cayena, yo había visto deambular a esos desdichados toxicómanos descoyuntados e imprevisibles. Inquieta, fingí escuchar la historieta que me contaba en portugués y se me ocurrió darle unas monedillas con tal de escabullirme discretamente cuando distinguí el nombre de Thomas en su discurso. Al percatarme de que no paraba de lanzar miradas por encima de su hombro, entendí que en teoría no debía hablar conmigo, pero deseaba revelarme un secreto que sin embargo para mí era ininteligible. Lo único que pude hacer fue grabarlo con mi teléfono. Pasó todo muy rápido. El hombre tenía prisa por marcharse con el dinero que yo le había dado.

De vuelta al hotel, una limpiadora brasileña con la que había charlado un poco al llegar estaba tendiendo sábanas blancas en el patio. Apenas hablaba francés, pero le pedí que me tradujera el mensaje. La mujer me escudriñó mientras resonaban las palabras del pescador. «Dice que tu hermano era una persona extraordinaria y que lamenta mucho el accidente... Que la armada brasileña vino a interrogar a los pescadores. Que un portacontenedores había visto un velero casi sumergido atrapado entre manglares en el Amazonas. Que se distinguían los contornos de un cuerpo en descomposición con unas rastas muy largas... Deberías volver y hacerle preguntas».

Su voz estaba preñada de insinuaciones. No sabía qué preguntas hacer para entender qué estaba pensando, pero no tengo claro que hubiese podido sacarle más información. Notaba que aquella mujer deseaba guardar las distancias conmigo.

Un aguacero torrencial cayó sobre la ciudad esa noche. La lluvia se colaba por debajo de la puerta de mi habitación de hotel, expandiéndose despacio como el aceite sobre las baldosas blancas. Puse el ordenador y la ropa encima de la cama y procuré no resbalar al acercarme a la ventana mientras el agua crecía a mis pies. Las palmeras, dobladas en dos, parecían a punto de salir volando. El fin del mundo. Nada se me antojaba más hermoso.

A la mañana siguiente, a las cinco, cuando me presenté en el puerto, Valdrici ya se había ido. Sondeé el horizonte largo rato plantada en el muelle, preguntándome qué pintaba yo en aquel lugar. ¿Por qué había querido remontar ese río en busca de un hombre perdido, un hombre que a su vez había remontado ese mismo río en busca de otro hombre? ¿Qué era aquel trance que me empujaba a seguirlo por detrás de la figura evanescente de mi hermano? Una hilera de sonámbulos que se dejan caer por un acantilado uno detrás de otro. ¿Qué era lo que me hipnotizaba a tal extremo?

Resonó el ruido de un motor al que le costaba arrancar. Un hombre, sorprendido de verme allí a esas horas, se deslizaba hacia el muelle a bordo de una lancha, acompañado de un perrillo gris. Él también había conocido a Thomas. Había oído la historia del hallazgo del cadáver. Nunca localizaría pistas de búsqueda, ni con la policía francesa ni con la brasileña. Tanto una como otra consideraban que solo eran chismorreos portuarios.

No pude evitar preguntarle si Thomas le había hablado de mí. Me contestó que efectivamente le había mencionado a una hermana que vivía en Montreal, a la que había visto nacer y a la que había cortado el cordón umbilical. Hablaba de mí con la mirada perdida, como si yo no estuviera allí, delante de sus narices.

—Recuerdo que me dijo: «Creo que será ella la superviviente».

Caviló un instante antes de añadir:

—Es curioso, hablaba de sí mismo como si ya estuviera muerto. No era libre. Iba siguiendo los pasos de su padre. No por nada recaló aquí, donde sus padres construyeron el barco en el que había nacido él. Intenté ayudarlo, de verdad, pero tu hermano no estaba bien. Arrastraba un drama, una maldición. Primero su madre, luego su madrastra, su padre, su hermana. ¿Sería él el siguiente? ¿Cuándo terminaría aquello?

7

Cayena, Guayana Francesa, 1966

De pie en el muelle de Remire-Montjoly, Simonne observaba el Dorothea zigzaguear por el río pardo en dirección al mar. Solo las velas horadaban la oscuridad y reflejaban los primeros fulgores azulados del día. Una bandada de pájaros blancos volaba bajo por encima del agua, su plumaje blanquísimo casi fluorescente en la penumbra. Lo único que oía ya era el ruido cálido del batir de sus alas y el canto de los grillos en el bosque que bordeaba el río. Habría querido marcharse con él en aquel último trayecto hacia Florida. Iba a vender el barco. Si lo conservaban en aquel clima por más tiempo, se estropearía igual que todo lo demás en Guayana y no habría manera de venderlo.

Permaneció inmóvil mucho rato. Un regusto ácido le llenaba la boca. «Ya solo faltan tres años», pensó a la vez que reanudaba el camino hacia la casa sobre pilotes en la que se habían establecido. La casa olía a carnicería. La víspera, Pierre había vuelto acarreando sobre un hombro una tortuga enorme que había encontrado en la arena. Quería que Simonne hiciera sopa con ella, le recordaría a su infancia. Pierre apuñaló la cavidad delantera con un machete, pensando que sería un trámite fácil y rápido, pero el animal, impotente, no paraba de retorcerse, resistiéndose a morir. Un chorro de sangre se derramó del caparazón y formó un gran charco viscoso a sus pies que caló despacio en la arena. El calor volvía aún más sofocante el olor a metal y carne podrida.

* * *

El Dorothea naufragó en aquella travesía. Peter estaba preparándose la cena en la bodega cuando de pronto una violenta sacudida lo tiró al suelo. El barco tembló un instante y acto seguido continuó su avance, flemático, mientras Peter, desconcertado, trataba de recuperar el equilibrio. Se precipitó a la cubierta y pudo comprobar que el casco había recibido un golpe, aunque en la oscuridad solo distinguió un horizonte de espuma blanca bailando en la superficie de un mar de plomo. ¿Contra qué había chocado? ¿Un pecio entre dos aguas? ¿Un tronco? El casco estaba dañado. Después Peter constató con horror que un torrente entraba en la bodega. El naufragio era inminente. Mientras el agua le subía por las pantorrillas, Per, sin perder la sangre fría, resolvía ecuaciones para conocer su posición en altamar y dónde se encontraban las islas más cercanas. Si no localizaba las Granadinas, sería su fin.

En una carta de octubre de 1968 a Edward, mi padre describe el naufragio del Dorothea.

Reuní unos pocos bártulos y me monté en la lancha. Me aferré al barco todo el tiempo que pude hasta que desapareció por completo. Miré las luces de la cabina brillar bajo el agua hasta que se apagaron de repente. Hacía un frío espantoso. Varias horas después distinguí tres cumbres y conseguí llegar a Canouan. Cuando ya casi me había quedado sin fuerzas, una ola inmensa me propulsó hasta la playa.

Si de algo estoy seguro es de que el barco que estoy construyendo, además de ser muy bonito, será insumergible. Lo he diseñado de tal manera que el único modo de que se vaya a pique será que quede completamente destruido, de parte a parte.

Habla mucho de los trabajos de construcción de su barco en Cayena, donde se ha instalado con Simonne, a la sazón profesora en un instituto. Describe Guayana como una colonia abandonada donde los indígenas se pasean casi en cueros. La construcción avanza a buen ritmo también gracias a la ayuda de una familia de misioneros que se ha establecido en la casa de al lado. El padre, navegante, sintió lástima de Per cuando supo que había naufragado.

Está muy orgulloso de que una de sus hijas venga a ayudarme todos los días con las faenas. Solo tiene quince años, pero ha pasado mucho tiempo en el mar con su familia y me ha sorprendido lo bien que sabe pulir y usar las herramientas.

Per acaba de conocer a Lydia.

* * *

Las diapositivas se amontonaban en una caja de zapatos. Rectangulitos negros y relucientes como el agua, enmarcados en cartón blanco, «Kodak» escrito en finas letras rojas por arriba. Formaban parte de los pocos objetos que habían sobrevivido al naufragio del Artémis y se habían acumulado en un rincón de la habitación de Thomas en el hospital de Bonaire. Muchas estaban intactas; otras las había devorado la humedad.

Algunas presentaban una inscripción manuscrita en letra redonda y trabada: «Cebú, abril 1978» o «Port Grimaud, sept. 1974». Otras no tenían nada escrito y era necesario analizar la fauna, la flora o cualquier otro detalle para dar con alguna pista sobre el lugar que debían ocupar en mi gran fresco.

La silueta de una chiquilla de espaldas, encaramada a unas sandalias de plataforma blancas, lijando el casco de un barco. En otra imagen mira a cámara con aire candoroso y esa timidez tan característica de los niños. Reconozco a Lydia, con sus mejillas redondeadas y sus ojos nerviosos de cierva. No hay leyenda, pero identifico el hangar donde mi padre construyó el Artémis.

La madre de Lydia enfermó y la familia planeó regresar de urgencia a la metrópolis para que muriera junto a los suyos. La noche antes de que se marcharan, Lydia escribió una carta breve en la que les explicaba que en Guayana se había enamorado de un hombre del que no podía separarse. Volver a Francia le resultaba inconcebible. En plena noche se escabulló de la casa familiar, apretando contra su pecho una maleta pequeña de piel azul que contenía la totalidad de sus pertenencias, y por el camino de tierra que desembocaba en la carretera principal siguió a Peter, que empujaba su motocicleta sin hacer ruido, hasta que estuvieron lo bastante lejos para no arriesgarse a despertar a Simonne ni a la familia Balta. Juntos se fugaron hasta el centro de Cayena, donde Lydia se alojaría en casa de una amiga. Era aún menor de edad y ambos sabían que la policía abriría una investigación. Allí se quedaría hasta que renunciaran a buscarla.

Cuando a la mañana siguiente las hermanas de Lydia descubrieron la carta encima de su almohada, unos gritos de pánico y cólera llenaron la casa y el jardín. La primogénita se precipitó a la casa de los Tangvald con un dedo levantado y vociferando amenazas contra sus vecinos, exigiendo que registraran hasta el último rincón de aquella casa. Peter, que estaba atareado aserrando madera, apenas se tomó la molestia de fingir sorpresa y se limitó a dirigirle una expresión fría y digna. No obstante, evitaba la mirada negra y fulminante de su esposa.

Simonne siempre había querido mucho a Lydia, que era alumna suya en el instituto Félix-Éboué. Empatizaba con aquella joven cuya vida estaba marcada de antemano por su padre, quien había previsto que se hiciera pastora protestante o se casara con uno. Al ver sus hematomas durante las clases de educación física adivinó la resistencia que oponía la chica. Simonne sabía que Lydia se acostaba con su marido. Que él la recogía en moto por el camino de la escuela y que ella hacía novillos cuando Per la invitaba a comer pasteles en Kourou.

Una noche, Simonne se despertó al oír una china contra el cristal de una ventana y descubrió que su marido no estaba en el lecho conyugal. Desde el dormitorio lo vio en el jardín de los vecinos y, aunque estaba asustada ante la posibilidad de que el ruido despertara al barrio entero, para su tranquilidad vio que no se encendía ninguna luz. Pierre abrió despacio la puerta de la casa, accedió a la residencia de los Balta de puntillas y salió al cabo de unos minutos, llevando a Lydia de la mano hasta el hangar. Simonne esperó a que el idilio pasara. Pronto se marcharían. El barco estaba casi listo y Guayana no sería más que un mal recuerdo.

Tras seis meses de búsqueda, los Balta seguían sin dar con Lydia. El estado de salud de la madre continuaba empeorando y se vieron obligados a regresar a Francia sin ella. Una vez la familia se hubo marchado, Lydia se instaló en el hangar, donde siguió trabajando en el barco con Pierre. En cuanto oía que la puerta se abría, se escondía en la carbonera del barco para que Simonne no la viera.

* * *

En una diapositiva mi padre posa radiante con un coco en la mano junto al casco rojo, pulido y brillante. Mira a Lydia, que sale de espaldas y le llega por los hombros.

El barco fue bautizado —con agua de coco y no con champán— como Artémis de Pythéas. «Artémis» por Artemisa, diosa de la transformación y la vida salvaje, siempre en la frontera entre la infancia y la edad adulta; y «Pythéas» por el explorador y astrónomo griego Piteas, que fue el primero en asociar las mareas con las fases de la luna. Peter zarparía con Lydia y no con Simonne.

* * *

Una mañana, un estruendo combinado con un chirrido de poleas sacó a Lydia y a Peter de su sueño. Unos barcos se adentraban en la ensenada ondulando el agua del canal. Unos días antes, cuando decidieron echar el ancla, el muelle estaba casi vacío excepto por un puñado de barcazas de madera con la pintura descascarillada y tablones dislocados, que unos manitas improvisados tenían la esperanza de remozar para que volvieran a navegar. El canal lo habían abierto los primeros colonos siglos atrás y había estado abandonado mucho tiempo. El puerto ya solo servía a las *tapouilles*, goletillas tradicionales brasileñas con un casco poco profundo que tendían a encallarse, menos en el limo guayanés.

Cuando Lydia y Peter salieron a cubierta, media docena de ellas serpenteaban a lo largo del canal, en fila india, hasta el fondeadero. El estrecho canal trazaba un camino tan tortuoso en la densa jungla que apenas si se distinguía. Era como si los barcos se deslizaran por el aire entre los árboles recubiertos de lianas y los monos aulladores, a escasos metros del suelo musgoso.

La agitación era palpable. Los marineros iban atracando uno por uno, gritándose instrucciones en portugués, y saltaban al muelle empujando los pesados cascos con todo su peso para evitar que colisionaran.

—¿Qué se están diciendo? —preguntó Peter.

Si bien se habían percatado de la presencia de sus nuevos vecinos, los marineros procuraban no mirarlos y rodeaban la montaña de madera que Peter había amontonado en cubierta. Aunque habían logrado echar el Artémis al agua, quedaba trabajo por hacer antes de salir a altamar. Simonne, harta de Guayana, había vuelto a Francia a esperar allí a que se terminara tanto la construcción del barco como el romance entre Peter y la joven vecina. Dadas las circunstancias, Peter no se había atrevido a pedirle dinero a su mujer, así que tuvo que irse de la casa de Remire, donde la brisa marina los había refrescado. Sin esa brisa, el calor era abrasador y nada disipaba un halo de insectos atraídos por los intestinos de vaca que el carnicero del lugar arrojaba al canal. Peter había vendido todas sus posesiones. La moto, el coche, los muebles.

—Han ahorcado a alguien —respondió Lydia.

Lydia se quedó inmóvil para tratar de entender lo que comentaban los marineros brasileños en mitad del alboroto. Una primera vaca, con los cuernos agarrados con firmeza por uno de los hombres, salió de la bodega con ayuda del cordaje de la vela mayor. Una vez en el muelle, medio muerta, con los ojos viscosos y cubiertos de moscas, se tambaleó hasta el camión que la esperaba al final del camino. La carne de ternera disponible en Guayana procedía casi exclusivamente del contrabando. Los marineros remaban hasta la isla de Marajó, perteneciente a Brasil. De noche atrapaban a las vacas a lazo y tiraban de ellas hasta los manglares, y allí las izaban a bordo y las hacinaban en la bodega, donde permanecían varios días sin comer ni beber. Las autoridades brasileñas no podían perseguir a los criminales una vez que pasaban la frontera, pero cuando los pillaban in fraganti los linchaban y colgaban sus cuerpos de los árboles que bordeaban la costa, a modo de advertencia.

8

París, verano de 2018

Las pesadas puertas del edificio se abrían a un vestíbulo de mármol al fondo del cual se erigía una gran escalinata de caracol. La gruesa moqueta roja sofocaba el rumor de mis pasos. Subía despacio para imbuirme del momento. Todo aquí me parecía hermoso.

Me gustaba París. Me sentía en casa en esa ciudad que no conocía pero que me resultaba extrañamente familiar. Me gustaba que sus habitantes pasearan e hicieran vida en las calles, en los parques o en terrazas, donde los observaba igual que a una fauna curiosa. Me gustaba ver gente leyendo, hombres con fular bebiendo café con las piernas cruzadas. Me gustaba ver mujeres mayores, coquetas y excéntricas, desenvueltamente tocadas con sombreros de colores vivos, reuniéndose para departir sobre filosofía a las diez de la mañana en cafeterías capitaneadas por camareros apáticos, donde se combinaban vestigios de arquitectura *art déco* con letreros de neón y detrás de cuyas barras colgaban series de postales de gatos desvaídas.

Me gustaba que las generaciones se mezclaran. Me gustaba que parejas de todas las edades se besaran apasionadamente por la calle, que los enamorados lloraran bajo la ventana de uno o del otro a plena luz del día, suplicando que les abrieran. Me gustaba que los perros fueran sin correa y que nadie se escandalizara porque se movieran con total libertad entre los veladores de las terrazas. Me gustaban los exuberantes nombres de las calles, «Grange-aux-Belles», «Passage des Soupirs», «Filles-du-Calvaire». Que la cajera pegara la hebra con la clientela mientras una cola silenciosa aguardaba para pagar su queso sin que nadie se irritara. Que un camionero aparcara en plena calle y provocara un atasco por bajarse a comprar una barra de pan. Me gustaban esas personas que asumían tanto su pasotismo como su profunda sensibilidad. Me gustaba que tuvieran una opinión para todo.

La puerta ya estaba abierta cuando llegué al descansillo. Arriba me esperaba Kathleen, una señora menuda con el pelo blanco corto y una mirada viva y cariñosa tras unos ojos azul claro. Me gustó desde el primer momento.

Raymond Grosset, su padre, había sido agente del mío. Me respondió enseguida cuando le pregunté si se acordaba de Peter Tangvald y me invitó a tomar un café en su casa del distrito IX. Me dijo que no hacía falta que me descalzara y me invitó a sentarme en el salón antes de desaparecer en la cocina.

—¿Cómo te gusta el café?

—Sin leche ni azúcar, gracias.

Era la clase de piso que parecía haber estado habitado por la misma familia desde hacía generaciones. Amplio, todo pintado de rosa, con libros por todas partes, muebles antiguos y recuerdos de viajes. El suelo estaba cubierto de alfombras persas superpuestas. Envidiaba aquella herencia. Un piso que era de Kathleen, una casa propia que nunca perdería, a la que siempre podría volver y recibir en ella a sus nietos. Donde estaba rodeada del recuerdo de la presencia de su padre y de su madre, de la sabiduría y la cultura que ellos le habían transmitido. De las experiencias que habían vivido juntos y cuyas reliquias se acumulaban en aquel espacio. En la mesa de centro destacaba una caja de cartón marrón con la inscripción «Tangvald». No me atreví a tocarla.

Kathleen volvió con una bandeja. Yo había bebido demasiado el día anterior. Intenté disimular mis temblores cuando me ofreció la taza. Me había entregado en cuerpo y alma a la fiesta. Ignoro si mi alegría se debía a que estaba lejos de casa o a que estaba en París. A las dos cosas, seguramente. Me miraba demasiado los pies y luchaba por ordenar las ideas.

—Me quedé patidifusa cuando vi aparecer su apellido después de tantos años... Tu apellido, quiero decir. De la agencia Rapho, la que mi padre fundó, solo conservo esta caja. Cuando salí de las oficinas por última vez tras la venta de la agencia, pasé junto a ella, leí «Tangvald» y la cogí de manera impulsiva, sin entender por qué. Es lo único que he guardado.

Me daba cuenta de que me sondeaba. De que avanzaba con precaución.

—¿Lo conociste?

—En persona no, pero yo ya trabajaba en la agencia cuando mi padre y Pierre empezaron a colaborar. Tendría veintidós o veintitrés años. Recuerdo que mi padre recibió una carta suya, fue entonces cuando nos contó su historia y la de su jovencísima esposa, con la que zarpó en un barco porque quería vivir su vida en el mar y no en tierra firme.

Pierre había llamado a su puerta un año antes con su portfolio en la mano. Quería ser fotógrafo.

—¡Sinceramente, muy buen fotógrafo no era! Pero mi padre era un enamorado de la vela y por eso se encariñó enseguida con Pierre. Teníamos muchos fotógrafos en la agencia, y muchos fotoperiodistas, pero todos en tierra. No contábamos con un navegante que pudiera relatar esa vida, extremadamente rara en aquel entonces. Sus fotos eran excepcionales y podíamos usarlas para ilustrar sus historias.

Kathleen abrió por fin la caja. Hojeó con delicadeza los centenares de cartas escritas en papel muy fino. Reconocía aquellos folios y aquellas letras pequeñas escritas a veces a máquina, a veces a mano, parecidas a las que mi madre rompía y que yo trataba luego de recomponer para entender tanto quién era mi padre como quién era yo para él.

Entreví también hojas de contactos, revistas y páginas de periódico. Instantáneas de mi padre en bañador, de Lydia trinchando un pescado en la cubierta, de Lydia desnuda, tumbada sobre unos listones de bambú, retorciéndose de dolor. Un bebé ensangrentado.

—Aquel día mi padre recibió una carta de Pierre en la que explicaba que Thomas había nacido en el mar durante una tempestad. Titulamos aquella historia «El bebé del mar» y se vendió a las mil maravillas en el mundo entero. Nos proponíamos convertir a Thomas en un tema que podía durar años, ese niño rubito que vive en mares cálidos y da la vuelta al mundo. Una vida de ensueño. Pero no era más que un sueño.

Kathleen me observaba entre frase y frase. Sopesaba bien sus palabras. Se preguntaba qué pensaba yo de mi padre. Qué sabía sobre él. Qué podía permitirse o no contarme. Yo no colaboraba.

—¿Publicasteis muchos artículos sobre Thomas después de aquello?

—Nos enviaba textos de vez en cuando, pero al cabo de un tiempo tuvimos que decirle que costaba venderlos. Su vida cotidiana ya no tenía apenas interés. Era una rutina como cualquier otra. Hasta que murió Lydia.

* * *

Todas las tardes, cuando la biblioteca echaba el cierre a las siete, atravesaba París en dirección a mi hotel. Por el camino paraba a cenar siempre en el mismo sitio, el restaurante Chez Paul, que me gustaba mucho, después de pasar todo el día en los archivos tras las huellas de mi padre. Había peinado todos los *Paris Match* publicados en los meses posteriores al nacimiento de Thomas, buscando entre los *glam shots* de cantantes para adolescentes y los anuncios de Tang aquel artículo del que había oído hablar, sin saber a ciencia cierta si existía realmente.

Me perdía en los ambientes de la época, entre el reportaje sobre un culto vudú en Haití, ilustrado con fotos mal iluminadas de hombres con el torso desnudo en trance, en las que solo el destello blanco de los dientes, los ojos y el plumaje de una gallina enloquecida rompía la negrura, y una publicidad de Danone de frutas, «rumba en el yogur», en la que una rubia de ojos azules y sonrisa feroz lucía un turbante verde flúor coronado por una piña de plástico. Me sorprendía cuántos reportajes sobre pueblos lejanos se publicaban. Tenía la impresión de estar accediendo al sueño de una época, un sueño de aventura, de descubrimiento del mundo, por más hortera y torpe que fuera en su representación, un sueño en el que las tierras desconocidas encarnaban un misterio. Aunque ya no hubiera espacios de *terra incognita* en los mapamundis, prevalecía la sensación de que quedaban parajes por descubrir. Sin embargo, era ya el crepúsculo de ese sueño, y mi padre quedó terriblemente decepcionado al constatar, una década después de su última vuelta al mundo, que el planeta entero bebía ya Coca-Cola y que todos los puertos deportivos imponían cuotas de acceso.

No estaba averiguando nada nuevo sobre mi padre, pero encontré varios artículos sobre mi abuelo. Descubrí que dominaba siete idiomas, que publicó un libro sobre religión en el que se comparaba con Jesucristo, que se negó a hablar en alemán con motivo de un discurso en Alemania durante los Juegos Olímpicos de 1936, y que fundó en París una empresa de ropa elegante de deportes de invierno.

A la hora de la cena, Véronique, la camarera de Chez Paul, me acomodaba siempre en la misma mesa y me ofrecía de aperitivo un licor de melocotón. En aquel decorado con manteles de vichy rojo y artesonados haussmanianos yo iba recuperando el gusto por la vida. Todas las tardes devoraba un menú de tres platos y una botella de vino antes de salir de fiesta con los desconocidos de la mesa de al lado. Aquel mediodía salí de casa de Kathleen con la caja marrón debajo del brazo. Hacía bueno, y cuando hice amago de sentarme en mi mesa de siempre Véronique me propuso que saliera a la terraza para disfrutar del sol. Me acomodó al lado de un moreno alto que se estaba terminando su café. Me pareció encantador su gesto dramático de llevarse la mano a la frente, como habría hecho una estatua griega.

Me puse a hojear con cuidado el contenido de la caja Tangvald. Examiné con más detenimiento las hojas de contactos en las que se sucedían decenas de hileras de fotos pequeñas y brillantes. Lydia limpiando pescado en cubierta. Mi padre con un jersey de cuello vuelto negro sondeando el océano a través del anteojo de un sextante. Carmen en cueros, con su barriguita redondeada y sus muslos rechonchos, subiéndose al regazo de su padre, que escribe a máquina. Dos años recién cumplidos debía de tener. En la misma serie, Thomas mira al objetivo con aire hastiado, los hombros caídos. Al descubrir esos artículos que tanto había buscado sobre el nacimiento de mi hermano, entre ellos el de *Paris Match*, me emocioné tanto que no pude evitar anunciárselo al moreno alto de la mesa de al lado, que acababa de pagar la cuenta y de guardar su libro. Levantó hacia mí sus ojazos castaños, sorprendido. Lo había sacado de sus pensamientos. Cuando terminé de resumirle la historia de nacimientos y muertes en el mar que concluye con la aniquilación de mi familia, conservó largo rato la expresión de sorpresa. Quizá me había entusiasmado de más.

Hablamos durante horas. Yo estaba encantada de conocer por fin a un parisino que amaba París. Se llamaba Youssef y había emigrado de Marruecos a Chartres con cuatro años. Recordaba su fascinación por las cisternas de los retretes, convencido de que se trataba de fuentes, pero también el impacto del frío cuando vio la nieve por primera vez, y el dolor del desarraigo. Sus padres eran de un pueblo perdido de las montañas, en la frontera con Argelia, donde el islam se combinaba con prácticas paganas. Relataba con emoción el recuerdo de haber sorprendido a su madre intentando aprender a leer sola en la cocina. Youssef soñó mucho tiempo con la Ciudad de la Luz. Me habló de un profesor, el señor Leprince, que lo inició en el teatro y la música clásica. De su deslumbramiento teñido de espanto cuando el mismo profesor le descubrió *El rey de los alisos*. De adolescente se sentaba en los escalones de la Ópera de París con la esperanza de entrar algún día. Reconstruyó para mí la trayectoria improbable, jalonada de encuentros valiosos, que lo llevó al periodismo cultural. Me habló del periodista de *Le Monde* que le tendió la mano sin saber que le estaba salvando la vida. La amistad que los demás le inspiraban me dejó huella. Era un hombre feliz. «La felicidad está en todas partes, solo tienes que agacharte a cogerla». Me prometió que, si volvía a pasar por París, me llevaría a la Comédie-Française.

Sacó de nuevo el libro que acababa de guardar cuando lo abordé y que le había conferido ese aire de concentración del que yo lo había sacado por la fuerza. Era *El colgajo*, de Philippe Lançon. El pasaje que me leyó con los ojos arrasados de lágrimas versaba sobre la mutilación del cuerpo del autor y estaba impregnado de dignidad y horror. El propio Youssef se había roto varias vértebras en una piscina cuando tenía veinticinco años; le dijeron que quedaría paralizado de cuello para abajo. Sin embargo, él aprendió de nuevo a andar con muletas. Recuerdo que era fácil charlar con él, que todo parecía a la vez sagrado e infinitamente ligero. Antes de irse me preguntó si quería tener hijos y le respondí que no. Que quería ser libre.

* * *

El nombre de Yvon Le Corre aparecía en una de las cartas que mi padre y su agente habían intercambiado. Dado que era navegante, poeta y un pintor de renombre, no me costó dar con él. Cuando le escribí presentándome, me invitó al instante a ir a verlo a la casa donde en otros tiempos recibiera a mi padre.

Lo seguí hasta la planta de arriba de su taller sin ver su cara, oyendo, eso sí, una risa disimulada en su voz.

—He llamado a Karine para contarle que la benjamina de Per Tangvald venía a verme y me ha contestado: «¿Per no murió? Pues que se quede ahí».

Karine era la pareja con la que él navegaba por entonces. Estaban juntos cuando conocieron a mi padre. Aparentemente, seguían siendo buenos amigos.

—¿Que se quede dónde? ¿Con los muertos?

—Supongo; habría que preguntarle, es ella la interesada —me contestó con lo que percibí como un atisbo de diversión.

Ya llevaba allí varias horas. Nada más recibir la invitación, me había montado en el primer tren a Saint-Brieuc desde París con destino Tréguier, un pueblecito medieval construido en la vertiente del río del mismo nombre. Le Corre me abrió la puerta cochera verde agua que daba al jardín de atrás de su casa con entramado de madera. Unos amigos estaban sentados alrededor de una mesa bajo un manzano en flor, riendo y bebiendo vino. Eran todos navegantes, y las anécdotas sobre el mar que compartían no parecían agotarse nunca, ni cansarlos, ni dejar de sorprenderlos. En la zona de calmas ecuatoriales, al este de Brasil, contaba un hombre de unos cuarenta años con rizos morenos y nariz romana, unos nubarrones inmensos, negros y opacos como la brea se desplazaban lánguidamente por encima de un mar de aceite donde los escasos rayos de luz que lograban traspasar el cielo parecían verdes. En esa área, los alisios del hemisferio norte se encuentran con los del hemisferio sur y el viento, que hasta entonces se ha deslizado en paralelo con las aguas, se ve obligado a subir hacia el cielo. Los animales a bordo se volvían locos. Podías quedarte atrapado en bolsas de aire durante semanas. Algunos barcos habían permanecido allí tanto tiempo que más de un miembro de la tripulación había muerto y sus despojos, una vez arrojados al agua, flotaban en la inmovilidad del mar durante días. Dentro de la bodega se oían los cuerpos chocando contra el casco; durante toda la noche parecían estar llamando a una puerta para que les abrieran.

—Cuando por fin sales de esa zona —concluyó con una expresión de horror místico en su mirada—, te parece que has pasado al otro lado de algo.

Sus historias, por más extrañas y solemnes que fueran, se sucedían en un ambiente de curiosidad alegre y ligereza en aquel jardín que olía a lavanda y romero. Yvon ya tenía la nariz colorada. Se había recogido el pelo gris en una cola de caballo fina y lucía un fular de seda de un azul que hacía juego con el de sus ojos. Un día en que navegaba con Karine, rememoró, estaba durmiendo en la bodega cuando lo despertó un ruido sordo en cubierta. Su pareja acababa de pescar un atún enorme que, tras ser arrastrado por el sedal durante horas, estaba medio muerto de agotamiento. Acababan de hacer una travesía con olas de diez metros de altura y estaban molidos. Yvon volvió a dormirse y media hora más tarde, cuando subió a cubierta para reunirse con Karine, la sorprendió revolcándose desnuda con el animal. «Karine era muy sensual, mucho. Y un poco gore».

En la planta de arriba había un espacio amplio y luminoso pintado de azul, separado del resto por unas cortinas de pátina ocre. Las paredes estaban cubiertas de cuadros gigantes, repisas con botellas de solutos, tubos de pintura vacíos, libros y cajas.

Antes de irse, una de las invitadas de Yvon, que había estado casada con un navegante francés legendario, me llevó aparte y me susurró: «Tienes que proteger a tu padre». Me sostuvo la mirada y me apretó el brazo antes de bajar las escaleras como si nada. Esas palabras enigmáticas resonaron mucho rato dentro de mí. Eran el reflejo de la vergüenza pegajosa que no me abandonaba desde que había empezado a desentrañar los silencios de la familia. Durante el aperitivo le preguntaron cómo se habían conocido ella y su difunto marido. Ella respondió solemne: «Nunca lo contamos». Como si las palabras tuvieran el poder de diluir la realidad.

Me pregunté qué formas habrían adoptado sus recuerdos bajo ese régimen de silencio. ¿La de un pececillo que nadaba en círculos dentro de su pecho desde hacía treinta años? ¿Cómo hacía para cambiar el agua? ¿Era una bestia deforme, gris y viscosa? ¿O bien un animal vibrante y puro que la arrullaba por las noches, fuerte por no haberse mancillado con la conciencia del otro? Admiraba su compostura digna, su misterio. Me sentía ridícula a su lado. Demasiado sonriente, demasiado curiosa, demasiado expuesta.

—Debí de guardar sus cartas con las fotos del Iris, el barco que yo tenía en la época en que lo conocí —me dijo Yvon.

Entreabrió una por una las cajas colocadas en la repisa hasta que encontró la que andaba buscando. La dejó encima del escritorio.

—Yo estaba con Karine en Toulon, o sea que tuvo que ser en mil novecientos setenta y cinco. Se acercó a hablar conmigo estando yo en el muelle. Mi barco lo intrigaba porque viajábamos de la misma manera, sin motor ni radio. Navegábamos de un modo tan antiguo como el mundo. Un hombre muy sensible, tu padre. Un poeta. Enseguida me di cuenta de que no era una persona ordinaria. Salía de la nada. Como tú, por cierto. Por obra de tu padre, posees un halo extraño. Queda algo que está ahí. Que no te pertenece y aun así emana de ti.

Me parecía que podía confiar en los recuerdos de Yvon. Tras marcharnos del Artémis, mi madre y yo nos mudamos sin cesar. Cambié tantas veces de ciudad, de colegio y de piso que fechaba sin esfuerzo los años de cada uno de mis recuerdos. Yvon compartía esa facilidad para ubicarse en el tiempo. Era poco común que alguien me hablara de mi padre solo a partir de su propia memoria, y no partiendo del relato que el propio Peter había entregado al mundo.

Tras el encuentro en Toulon, se vieron más tarde en la Costa Azul, en Port Grimaud, donde mi padre había atracado delante de la casa de veraneo de un amigo de Guayana para dedicarse a las sempiternas reparaciones del barco, mientras Lydia trabajaba en una tienda de souvenirs. Port Grimaud, esa localidad construida sobre las aguas y con un fondeadero delante de cada casa colorida, transmite la sensación de ser un verdadero pueblecito lacustre, pero en realidad fue diseñado en su totalidad por un arquitecto burgués de acuerdo con un ideal romántico de la vida del pescador, y posteriormente construido en un terreno pantanoso en 1967, para el beneficio de familias adineradas. Un rincón completamente artificial al que mi padre regresaba a menudo. Karine e Yvon se proponían navegar hasta Brasil y, durante un tiempo, Per se planteó acompañarlos. Sin embargo, le ofrecieron un contrato en Taiwán y cambió de rumbo en pos del mar Rojo.

—Al menos eso le daba un destino, un objetivo. Había deseado tanto ser libre que solo en el momento en que lo consiguió se preguntó: «¿Libre para hacer qué?». ¡Y resultó que no tenía ni la más remota idea! Así era él, un satélite de lo absoluto.

Se sentó un momento para rellenar y encender la pipa que se había sacado de la chaqueta con desenfado. Transcurrió un minuto durante el cual dio varias caladas lanzándome miradas de vez en cuando, siempre divertidas. Una nube de humo se arremolinó delante de su cara a la luz anaranjada del sol poniente.

—Hablé mucho con Lydia los dos meses en los que fuimos vecinos. Me contó que Peter la había seducido cuando, mira tú por dónde, necesitaba ayuda para poner los remaches. Había cien mil remaches en el barco, y durante meses y meses Lydia se dedicó a sostener la maza mientras él remachaba. Cuando el barco estuvo terminado (ella me lo contó con estas palabras, lo recuerdo muy bien), Per le dijo: «Chao, guapa, yo me voy, soy un marino. Tú vive tu vida». Él se quedó en las Antillas y ella regresó a Francia.

La historia de la relación entre Peter y Lydia siempre había sido la misma. Se enamoraron en Guayana. Simonne, que no había perdido la fe en su matrimonio, volvió a Francia con la esperanza de que se cansara de Lydia. Sin embargo, a pesar del matiz escandaloso de la relación, Peter parecía sinceramente enamorado de Lydia y nunca se hartó de ella. Por lo tanto, aquella era la primera vez que alguien ponía en entredicho dicha versión, por más lagunas que presentara desde siempre. Entonces me acordé de que, cuando estaba desarrollando la sucesión de los acontecimientos, me llamó la atención que faltara un año en el relato.

En el libro, Peter entremezclaba 1974 y 1975; y en mi cronología, 1975 era el único año en el que no tenía ni una sola pista sobre la vida de mi padre: ni correspondencia, ni solicitudes de visado, ni fotos; nada. Ahora que lo pensaba, tras zarpar juntos de Guayana en la primavera de 1974, mi padre no vuelve a mencionar a Lydia hasta que anuncia el nacimiento de Thomas a su agente, en el verano de 1976.

—Lydia me contó que, cuando volvió con sus padres a Francia, ellos no quisieron reconciliarse con ella. «¿Qué me queda? Pues encontrar a ese hombre». Y fue a su encuentro en Port Grimaud. Per, por su parte, me explicó que tenía una esposa no muy lejos, en Trans-en-Provence. Cuando se enteró de que Lydia estaba embarazada me hizo una propuesta. Te va a parecer raro a más no poder, pero te aseguro que es verdad. «Lydia está embarazada. No le va a quedar más remedio que parir en el mar. Y el mar Rojo es muy muy duro. Caluroso. No tengo motor. El velero quizá se quede encalmado. Temo por ella. Por otro lado, con Karine me iría de mil amores, ¿sabes? Para ti sería un cambalache de lo más ventajoso», va y me dice, «porque Lydia está embarazada. Sin necesidad de hacer nada, tendrás un bebé. ¡Es una proposición interesante!». Le contesté que eso se lo tendría que decir a Karine, que era la interesada.

—¿Y cómo reaccionó Karine?

—Al final no se lo llegó a proponer y se fue con Lydia. Me extrañó, porque parecía totalmente decidido.

Saca de la caja una foto de Karine, una mujer espléndida de ojos negros y larga melena morena que se le derrama alrededor de los hombros.

—En esta tiene puesto el jersey que le había regalado él, el que llevaba cuando naufragó el Dorothea. Karine se lo ponía constantemente.

* * *

La primera carta que encuentro entre mi padre y Raymond, su agente, data del 14 de junio de 1976. En ella describe su viaje, la felicidad de dejar atrás el invierno al cabo de unos días, las jornadas que pasan desnudos en cubierta, el miedo que los embarga cuando chocan con una ballena y el nacimiento de Thomas, «porque Lydia estaba embarazada de ocho meses».

Según nos aproximábamos al estrecho de Malaca, el viaje se volvió muy lento, con calmas y vientos contrarios, y mucho antes de llegar a tierra se manifestaron los primeros dolores.

La pobre Lydia sufrió mucho y pasaron nada menos que veintiséis horas hasta que por fin asomó la cabeza del bebé, pero los hombros seguían atascados. Lydia, que ya no podía más, me suplicó que tirase para sacarlo. Tiré con cuidado, espantado al ver la ausencia de expresión del bebé, que parecía muerto o una estatuilla de madera, sin saber en ese momento que era lo normal. Una vez liberados los hombros, el resto salió como un cohete. Lo levanté por los pies e inmediatamente emitió el famoso primer llanto, su cara hizo un mohín y esa criatura nuevecita empezó a vivir entre mis manos. Fue un instante inolvidable del que la mayoría de los padres se ven privados en favor de un extraño, el todopoderoso médico, mientras ellos aguardan al otro lado de la puerta. Lydia y yo estamos encantados de tener a nuestro bebé solo para nosotros aunque haya habido una complicación, acaso previsible cuando una francesita osa traer al mundo a un corpulento bebé vikingo, y es que ha sufrido un grave desgarro. Por fortuna, todo marinero es un manitas, y con un poco de cola Araldite y un jirón de lona para velas pegado de parte a parte de la herida para mantenerla cerrada ha cicatrizado muy bien. A nuestra llegada aquí, la reacción de las autoridades ha sido la consabida. En lugar de admirar a nuestro guapísimo hijo de 3,750 kg, nos han informado con severidad de que, mientras no tengamos papeles para el crío, este tiene terminantemente prohibido desembarcar.

Próxima etapa, mañana: el mar de China.

Saludos muy cordiales,

Per

* * *

A Paulette, la cuñada de Simonne, Peter se le atravesó nada más verlo aparecer en Trans-en-Provence subido en una moto, con su pantalón de cuero, un pendiente dorado centelleando en la oreja y la mirada fría e indiferente que les dirigía a todos. Advirtió a Simonne de que Peter nunca terminaría aquel barco edénico por el que se habían exiliado en Guayana durante ocho años. El desafío se demostró tan largo y colosal que Pierre se planteó varias veces prenderle fuego a aquel monstruo con el que sin embargo tanto había soñado, y del que era el arquitecto. Pero el barco se terminó y Simonne ganó su apuesta.

Durante el verano de 1974 recibió una llamada desde Gibraltar: Peter acababa de llegar, todo había terminado con la pequeña Lydia, necesitaba a su esposa. Ella se subió a un tren para reunirse con él y hacer juntos la entrada triunfal en el puerto de Marsella con todas las velas desplegadas, el arribo con el que tanto habían fantaseado, exhibiendo unas sonrisas victoriosas que fueron inmortalizadas por la prensa y publicadas en los periódicos al día siguiente, para fastidio de Paulette.

Pierre se había marchado en dirección a Taiwán nueve meses antes, cuando la cuñada descubrió hojeando el *Paris Match* un artículo firmado por el propio Per sobre el extraordinario alumbramiento en mar abierto de su hijo. Una foto retrataba a una joven rubia de ojos dulces que miraba a cámara, de pie junto al mástil, sosteniéndose el sombrero con una mano y acariciándose el vientre redondeado con la otra. Y en otra imagen salía amamantando al recién nacido, todo arrugado aún, ambos bañados en la luz cálida y envolvente de la lámpara de aceite. Thomas había nacido el 16 de mayo de 1976.

Paulette contó con los dedos para averiguar la fecha de la concepción: un mes antes del cumpleaños de la madre de Simonne, que habían celebrado todos juntos en su jardín una tarde de verano. Trató de recordar aquel día, la mesa de formica naranja, el pastís, las patatas de bolsa en un cuenco de terracota, Pierre con su polo salmón de rayas pendiente de la conversación, educado, las manos juntas. ¿Sabía ya que su amante estaba embarazada? Tres meses después de aquel cumpleaños, Simonne anunció que Per se marchaba un año a Taiwán con un contrato en la construcción naval. ¿Sabía ella que su marido se había ido con Lydia?

—¿Cómo le va a tu aventurero? —preguntó una Paulette alborozada en cuanto Simonne descolgó el teléfono.

Todavía no se había enterado. La noticia había corrido como la pólvora. A excepción de su cuñada, el resto de la familia apenas si miraba a la cara a Simonne, del bochorno que sentían por ella. Aún menos se atrevían a plantearle las preguntas que les obsesionaban. ¿Quién era esa chica? ¿Ella la conocía? Se contaba que se habían conocido en un chárter a Saint-Tropez. ¿Y cuál podía ser el razonamiento de Pierre? ¿Tenía previsto anunciarle la existencia de una amante una vez que estuviera en Taiwán, para no tener que confesárselo en persona? ¿Era su intención dejar arrumbados a madre e hijo en algún punto del camino y volver a Marsella como si tal cosa?

Simonne proclamó oficialmente la separación en cuanto se publicó el artículo. Aun así, la familia se percató de que no se deshizo de la moto de Pierre, que ocupaba aún el lugar de honor, majestuosa, en medio del salón, negra y brillante. Tampoco prendió fuego a su ropa, ni rompió las fotos de él que, décadas después, permanecerían colgadas de las paredes. Simonne aguardaría su regreso.

9

Si sobrevivieron fue gracias al niño. Gracias a su belleza y su inocencia. Thomas resistió. Una carta de mi padre revela la serie de acontecimientos que provocaron la muerte de Lydia.

—En la agencia nos quedamos destrozados. ¡Fue espantoso! —me había dicho Kathleen.

La carta de Pierre llegó en marzo de 1979, varias semanas después de la muerte de Lydia. En ella le confiaba a Raymond sus problemas de impuestos. Su banco en Hollywood le había enviado la dirección del recaudador local, cuando debería haberse dirigido a Washington. En definitiva, lo más sencillo sería quizá utilizar la dirección de Simonne en Trans como domicilio fijo. En la segunda página anunciaba el fallecimiento de Lydia:

Ahora estoy en Brunéi desde hace seis días, más o menos drogado por el hospital a base de tranquilizantes y somníferos. Viniendo de Filipinas, al norte de Borneo, nos atacaron y asesinaron a Lydia. Hasta mi pequeño ha tenido que sufrir los interrogatorios de la policía. Cuando los periodistas quisieron hacerme otra vez las mismas preguntas empecé a perder la paciencia.

En la portada de un diario de Brunéi aparecía una foto de Pierre y Lydia muy juntos. El artículo llevaba por titular «¿Ataque pirata o el crimen conyugal perfecto?». Aunque era bien sabido que el mar de Joló estaba infestado de piratas, costaba creer la versión de Pierre, según la cual los malhechores, enternecidos por la presencia de un niño tan lindo y angelical como Thomas, decidieron perdonarles la vida a dos testigos de un asesinato. Quienes se habían topado con piratas coincidían en describir una mirada escalofriante, sin atisbo de humanidad. Durante sus ataques ejecutaban metódicamente a toda la tripulación antes de hundir el barco con los cadáveres encerrados dentro, una vez concluido el saqueo. No se apiadaban de nadie. Mi padre añadía:

Escribir para ganar dinero a costa del fallecimiento de tu mujer siempre me ha parecido el colmo del mal gusto, y sin embargo quisiera enviarle un resumen desde ya. Por un lado, el dinero contribuiría a dar de comer a mi hijo en un momento en el que no dispongo de ingresos de ninguna clase, y con la publicación de los hechos seguramente ya no haría falta seguir repitiendo cien mil veces la misma historia cada vez que hago nuevas amistades.

En fin, confío en usted para que presente los acontecimientos de la mejor manera posible, poniendo el foco más bien en el hecho de que estos parajes están tan poco vigilados por las autoridades que sobrevienen actos de piratería a pesar de que estemos en la era de la radio, pues un SOS casi nunca obtiene respuesta.

Nada más leer esta misiva, Raymond Grosset hizo todo lo que estuvo en su mano para que la prensa francesa diera a conocer el relato de Peter. *France-Soir* publicó en portada un artículo: «Ciudadana francesa asesinada por piratas».

El 20 de febrero, Peter, Lydia y Thomas se encuentran en la bodega del Artémis cuando oyen un motor. Suben a cubierta y ven en el agua una embarcación sucia y achaparrada, con un motor potente y silencioso, que se dirige hacia ellos con unos quince hombres a bordo. Lydia pretende sacar la escopeta que guardan en un estuche bajo la cama y dar unos tiros al aire para que sepan que van armados. Pierre se opone. Los piratas están ya apenas a cien metros y se acercan demasiado rápido. Es mejor no oponer resistencia y esperar que los dejen con vida. Lydia baja a la cabina mientras el barco extranjero los aborda, adecuando su velocidad a la del Artémis. Pierre ve entonces a Lydia salir de la cabina delantera, armada con una escopeta. Grita algo en inglés que él no entiende y dispara al aire, justo por encima de los corsarios. La respuesta, fulminante, no se hace esperar. Un tiro resuena desde el interior de la cabina. Le han dado en la cabeza. Lydia se tambalea un instante y cae al agua.

Un individuo armado sale de la cabina y apunta a Pierre, pero el disparo no llega. En ese momento, Pierre nota la presencia de Thomas, que está agarrado a su pierna. El tipo vacila, baja el arma y parece ordenar a dos hombres que registren el barco mientras él monta guardia. Los tipos obedecen. Uno de ellos le enseña a Peter su cartera.

Peter comprende que buscan dinero y señala con el dedo un cajón del salón. Arramblan con todo lo que encuentran, que se reduce a unos cien dólares, dos cartuchos, la escopeta que ha quedado tirada en cubierta, y desaparecen sin mediar palabra.

Nada más arribar a Brunéi, la policía lo somete a unos interrogatorios extenuantes hasta que las autoridades se dan por satisfechas y dan por válida la versión sobre los piratas. Interrogan incluso a Thomas, de tan solo tres años. Analizando las fotos de la recreación del asesinato, llevada a cabo con la colaboración de Peter, Thomas y una actriz, los policías ven la estampa de Thomas, ese chiquillo rubio y angelical, temblando sin soltar la pierna de su padre, y comprenden que ningún pirata, ni siquiera el más aguerrido, habría tenido agallas de disparar a ese niño. Archivan el caso y ponen en libertad a Peter.

No sé por qué tuve la necesidad acuciante de saber qué le había pasado a Lydia, esa mujer tan alejada de mí a la que nunca llegué a conocer. Experimentaba algo así como una necesidad de aliviar el prurito de otra persona, ese primer cuerpo engullido por las olas, el primer cuerpo desaparecido. La policía de Brunéi nunca contestó a mis llamadas ni a mis correos. La Interpol, tampoco. En cambio, una puerta se abrió cuando descubrí que existía un expediente sobre la desaparición de Lydia en los archivos del Ministerio de Asuntos Exteriores de París. Solo que era confidencial.

Mi solicitud de consulta por circunstancias excepcionales fue aprobada. Fui a los archivos, tuve que enseñar mi pasaporte y dejar en el vestuario tanto el bolso como el teléfono. Solo podía llevar encima un cuaderno y un lápiz. En la planta superior di el número del expediente al funcionario, que desapareció unos minutos y regresó con una caja en las manos en la que se leía, escrito con rotulador: «Barcos y naufragios». Sacó una carpeta azul.

Atravesé la sala con ella sin saber qué esperar. El expediente bien podía estar compuesto de una mera declaración de desaparición sospechosa, pero también de elementos de la investigación que explicasen qué era lo que le había costado la vida a Lydia. Buscaba un mapa o cualquier otro documento que me permitiera salir de aquella zona donde la verdad parecía inaccesible y en la que me era imposible anclarme a una convicción. Me acomodé en uno de los escritorios, bajo la supervisión de un vigilante.

El expediente tenía unos veinte folios. Los primeros consistían en una larga sucesión de intercambios confusos entre autoridades de los cuatro puntos cardinales. Las cartas y los télex formaban un amasijo anárquico de hojas de dimensiones variadas que exponían los datos y las preguntas de cada una de las autoridades, liosos y desordenados. Parecían todos a cuál más exasperado por no haber sido informados antes, o bien por no entender lo que se esperaba de ellos. La embajada de Francia en Filipinas envió un télex al ministro de Asuntos Exteriores francés con el asunto «Desaparición de Lydia Tangvald».

Se ha puesto en mi conocimiento a través de una llamada telefónica desde París que la desaparición de una compatriota, casada con un noruego, en aguas territoriales filipinas, ocupaba las portadas de los periódicos franceses. Me he puesto en contacto de inmediato con el encargado de negocios de la embajada de Noruega; el embajador reside en Tokio.

Las autoridades de Brunéi se pusieron en contacto con las de Filipinas para comunicarles que se había cometido un asesinato en su territorio. Las autoridades filipinas insistían en que no sabían nada del Artémis. La embajada noruega, por su parte, consideraba que, dado que Per se había ido de Noruega más de treinta años atrás, no estaba en condiciones de participar en la investigación. La embajada de Francia había solicitado al alto comisionado británico de Brunéi un informe oficial, pero la implicación de Francia pareció terminar una vez recibido este. Me abalancé sobre el atestado policial titulado: «Resultado de la investigación a partir de la declaración de un ciudadano noruego, de acuerdo a la cual su mujer fue asesinada por piratas en el mar de Joló el 20 de febrero de 1979».

DATOS
La mañana del 27 de febrero de 1979, un noruego de cincuenta y tantos años entra en puerto e informa a un navegante de que su mujer ha sido asesinada por piratas en el mar de Joló, en Filipinas. El inspector acude enseguida a su barco para presentar un informe.

DILIGENCIAS POLICIALES
El noruego PER TANGVALD confirma los hechos y detalla que su hijo está enfermo. Se le administrarán cuidados en el hospital del puerto de Muara. Se informa a un guardacostas. El director de la brigada criminal queda al frente de la investigación.

* * *

Ni rastro de la recreación del asesinato en el atestado. Esa foto de él a bordo del barco, mirando a cámara con el ceño fruncido y los brazos pegados a los costados, con Thomas vestido con un peto blanco y con la cara pegada a su muslo, no la hizo la policía. Me abandoné a reproducir la secuencia en mi mente, escena por escena, como en una película de Super-8 entrecortada y granulosa, montada con todas las imágenes dispersas. Se despliega un filme extraño y vaporoso, compuesto de silencios, de figurantes inmóviles y salpicaduras de sangre.

Mi padre, Lydia y Thomas atrapados en el mar de Joló. Han zarpado del puerto de Cebú cuatro días antes. Harán escala en Brunéi antes de seguir hacia Australia y posteriormente a la Polinesia, las islas del paraíso. El mar está terriblemente quieto. Avanzan a duras penas. Thomas está encerrado en su cabina mientras Lydia prepara el desayuno. Colman el salón el olor a madera caliente y el perfume agrio de los mangos en exceso maduros. Cuando la noche refresque el ambiente, Lydia preparará mermelada. Primero les ha parecido oír el zumbido de una mosca, pero el estruendo punzante se intensifica hasta sacar a Lydia de sus ensoñaciones. Per levanta la cabeza. Reconocen el ruido de un motor.

Per sube la escalerilla en primer lugar. Lydia va detrás. Desde cubierta divisan un barco pesquero que avanza hacia ellos. Una embarcación de madera, achaparrada, provista de un motor potente. En la cubierta, las siluetas de unos quince hombres de entre veinticinco y cuarenta años, ataviados con ropa sucia y andrajosa. Están a unos cien metros. Pronto los alcanzarán. Per agarra la caña del timón para evitar una colisión. Lydia baja de nuevo a la bodega, cruza el salón, saca la escopeta del estuche que está guardado bajo la cama y la carga.

Los dos barcos están ahora uno al lado del otro, a un metro de distancia, avanzando a la misma velocidad. Ninguno de los hombres de la cubierta parece ir armado. No intercambian ni una palabra. Ninguno trata de saltar al Artémis. Se limitan a observarse en silencio. La mayoría de los tripulantes se encuentra en el costado del barco más cercano al Artémis.

Lydia, con la escopeta en ristre, abre la puerta de la cabina de Thomas sin decir nada. ¿Le ha dirigido una mirada antes de ir a la batalla?

Será la última vez que Thomas vea a su madre, quien sube de nuevo a cubierta por la lumbrera delantera, la que queda por encima de su cabina. Una silueta negra que se desliza por un cuadrado blanco maculado y que desaparece en la luz cegadora del cielo. Thomas no la sigue. Atraviesa el salón en dirección a la popa del barco, donde Per sostiene la caña.

Las imágenes siguientes están descoloridas y llenas de manchas, como papel fotográfico viejo mal revelado. Lydia se iza desde la bodega por la lumbrera, cargando con una escopeta tan larga como su brazo. Los hombres ven el arma pero se conforman con observarla pasivamente. Ella termina de subir, se planta en el borde del barco y levanta la escopeta hacia el cielo. Per sigue junto a la caña.

Lydia está lo bastante cerca de ellos para distinguir sus ojos, los reflejos azulados de su pelo negro tan brillante como un espejo, su tez lisa y atezada. Lo bastante cerca para distinguir el sudor que perla sus sienes y percibir su olor rancio mezclado con el del gasóleo.

Dispara. Nadie echa cuerpo a tierra.

Resuena un segundo tiro. Desde el interior de la cabina de

un barco en movimiento, el tirador alcanza a Lydia en la cabeza. Sin tocar a los quince hombres que se interponen entre el objetivo y él mismo. La cabeza revienta. El cuerpo se tambalea, la escopeta cae en la cubierta. Lydia se desploma entre los cascos de los dos barcos, tiñendo el mar con su sangre, flotando entre dos aguas.

Per no se precipita sobre ella, no ha soltado la caña del timón en ningún momento. Sigue maniobrando maquinalmente para que los barcos no choquen. Mira el cuerpo de su mujer balanceándose, los brazos en cruz, las manos y los pies sin vida topando con los cascos de madera de los dos barcos hasta desaparecer en la estela.

Los piratas no intercambian ni media palabra. El tirador sale de la cabina y apunta a Per con su escopeta. Lo escudriña un segundo pero acaba bajando la culata de su hombro. Per cobra conciencia de que Thomas está agarrado a su pierna. Dos hombres saltan a bordo del Artémis y bajan a la cabina por la lumbrera delantera mientras el que va armado monta guardia. Encuentran dinero, unos cien dólares, y cartuchos. Suben de nuevo a cubierta, recogen la escopeta bañada en materia cerebral, vuelven a su barco y desaparecen igual que llegaron, dejando tras ellos a Thomas y a Per en un mar desierto y silencioso. Per da media vuelta para recuperar el cadáver de Lydia, en vano. Antes de reanudar la travesía encuentra el rosario fluorescente con la inscripción «No tengas miedo» que a Lydia tanto le gustaba y lo echa al mar a modo de acto fúnebre.

* * *

CONCLUSIÓN

Al haberse producido el presunto incidente en aguas filipinas y no en la jurisdicción de Brunéi, resulta imposible determinar la veracidad de los hechos relatados por PER TANGVALD. El único testigo al margen de los «piratas» es el niño, THOMAS TANGVALD. Su interrogatorio se revela inútil. Lo único que hace el niño es agarrarse a las faldas de la intérprete y llorar.

Es difícil determinar la exactitud de los hechos relatados por PER TANGVALD por los motivos siguientes:

– Durante el interrogatorio, PER TANGVALD no manifestó señal alguna de aflicción. Se mantuvo sereno.

– PER TANGVALD siguió navegando hasta siete días después del incidente, a pesar de que podría haber arribado a otros puertos en 2/3 días.

– PER TANGVALD afirma que el arma cayó a la cubierta cuando su mujer recibió el disparo. Consideramos más probable que cayera al agua junto con la mujer en cuanto esta recibió el impacto de bala.

– Ni el casco del barco, ni el mástil ni las velas presentan impactos de bala.

– Los «piratas» no se llevaron ni las cámaras fotográficas, ni la máquina de escribir, ni el transistor ni ningún otro objeto de valor que se encontraba a bordo. PER TANGVALD plantea la hipótesis de que no fueran verdaderos piratas.

ADENDA

PER TANGVALD tiene intención de reanudar lo antes posible su ruta hacia Francia junto con su hijo THOMAS. THOMAS se encuentra bien físicamente, pero ha quedado traumatizado por la muerte de su madre.

* * *

Es decir, la policía no dio crédito a su relato. Llegaron a la conclusión de que el suceso no atañía a su jurisdicción y debían dejarlo marchar. El asesinato tuvo lugar, presuntamente, en aguas filipinas, pero las autoridades de este país alegaron que Peter no registró en ningún momento su barco ante ellas, como debería haber hecho para obtener permiso de navegación en sus aguas. Tangvald era un completo desconocido para ellos, y por lo tanto ellos se lavaban las manos. Per fue puesto en libertad, por una parte por la falta de pruebas materiales que apoyaran las sospechas que pesaban sobre él, y por la otra, porque ninguna autoridad estimó que le competiera el crimen.

10

Karine me abrió la puerta descalza y en pareo. Todavía se reconocía en ella a la joven que lucía el jersey de mi padre en la foto en blanco y negro de la casa de Yvon. Con su larga melena blanca y abundante que le llegaba hasta la cintura y sus ojos verdes, pálidos y nebulosos como una aguamarina, me recordaba a una vidente. Me parecía muy guapa, con sus pómulos prominentes, sus dientes rectos y su mandíbula bien marcada. Sin embargo, en el momento en que me recibió, su sonrisa estaba crispada de malestar. Yo la había llamado al número que me facilitó Yvon. Karine se había mudado a una casita en Marsella tras sus años en el mar.

—Me da miedo herir tus sentimientos... —me dijo por teléfono la primera vez que hablamos.

Su casa se parecía mucho a un barco. Estanterías cargadas de libros y de objetos decorativos eclécticos venidos de todos los rincones del mundo adornaban cada una de sus paredes. A través de una escalera tan empinada como una escala la seguí hasta el piso superior, donde se encontraba su despacho. Allí había aún más libros, así como cuadernos de bitácora que seguía conservando mucho tiempo después de haber abandonado el mar. Acabó dando con el que llevaba en la época en que conoció a mi padre, que contenía las cartas que había recibido de él, además de fotos.

—Para mí todo esto está aún tan vivo... Ya no recuerdo cómo me enteré de la muerte de Lydia. De hecho, no fui capaz de escribir la palabra «muerte» en la bitácora.

Karine se había contentado con dibujar un sol bajo una foto de Lydia con su largo pelo rubio recogido en una cola de caballo, mirando con amor a un Thomas bebé que gateaba hacia ella. Sus miradas parecían entrelazadas. En una de las páginas siguientes había pegado un sobre con una carta que Peter le había escrito diez semanas después de que Lydia falleciera.

—Siempre me impresiona leer las cartas de los seres queridos que han muerto —comentó a la vez que desplegaba el papel color crema—. ¿Quieres leerla tú misma, para que mi voz no pise la de él?

Malaca, 10 de mayo de 1979

Mi querida Karine:

[...]

El tiempo vuela remozando el barco, escribiendo y descansando en un intento de recuperar las fuerzas y la alegría de vivir. Sí, Malaca es la ciudad que más me ha gustado hasta ahora en Asia, y he atracado en pleno núcleo urbano entre los veleros indígenas, tan pintorescos, que me tienen hechizado. Aquí nunca llegan los yates, pues consideran que el río es demasiado peligroso por sus corrientes, su escasa profundidad y su estrechez. Sin embargo, los indígenas entran y salen a diario con sus embarcaciones cargadas casi hasta la cubierta, bajo velas enormes y siempre sin esfuerzo y sin una voz más alta que otra. Aquí nadie se ha extrañado de verme entrar a vela hasta el muelle solo con Thomas a bordo, en cueros, maravillado de ver tantas motos después de veinte días en el mar.

[...]

Escríbeme pronto, Karine. Me siento solo y una carta tuya me haría mucha ilusión. Cuéntame cosas de ti, de Yvon, y todo sobre el Iris a partir de las Antillas, desde donde recibimos vuestra última misiva. Cuéntame de ti, de Francia, de la vida del día a día. En cuanto a mí, no lo tengo claro. Mi idea es quedarme por aquí seis meses, pero luego no sé muy bien. [...]

Olvidaba decirte que el Artémis está ahora aparejado como goleta franca y tiene un aspecto magnífico. También es más rápido que antes, y más sencillo de manejar. Aquí por fin encargaré un piloto automático que hará las travesías mucho menos fatigosas, sobre todo si estoy solo con Thomas, como es el caso desde el mar de Joló hasta ahora.

Un abrazo muy fuerte,

Pierre

Karine guardó la carta en su sobre sin mirarme y mordiéndose el labio inferior.

—Confieso que me pareció una carta bastante ligera para alguien que acababa de perder a su mujer —comentó.

—¿Por qué te daba miedo herir mis sentimientos? ¿Qué es lo que podría herir mis sentimientos?

Si bien por teléfono había querido decirme algo concreto, ahora parecía haber cambiado de idea. Dejaba las frases en suspenso y me correspondía a mí la tarea de leer la abominación en el fondo de su mirada.

—No lo sé... Ese hombre tenía algo fantasmagórico. Algo que daba miedo. En aquel barco solo sucedieron horrores. Percibía en Pierre una infelicidad... Algo espantoso. Está muy presente aún dentro de mí. Tal vez porque lo rechacé. Y tú... tú has heredado algo suyo... Eras un bebé, pero por fuerza tuvo que calar en ti algo de ese hombre, aunque no seas capaz de expresarlo con palabras.

Hojeando su cuaderno, aún sin mirarme, añadió:

—A veces nos hacen pagar las deudas del pasado sin saberlo.

En la carta siguiente, Per relata su encuentro con Ann, la que será su sexta mujer y madre de Carmen. Tras ser liberado por la policía de Brunéi, Per atracó un poco más lejos, en Malaca, Malasia, donde todos los días dejaba a Thomas en una guardería del Ejército de Salvación. Allí cayó rendido a los encantos de la maestra, una joven de diecinueve años tutelada por el Estado. La invitó a bordo del Artémis para un paseo con la directora de la guardería como carabina, la teniente Ann Ho. Per decía de esta huérfana que era dulce, sonriente, virgen, que cocinaba bien y tenía un cuerpo sublime.

Me acordé entonces de una de las diapositivas que encontré en la habitación de Thomas: un pequeño grupo de adolescentes sonrientes, todas ataviadas con el mismo vestido azul empolvado de mangas abullonadas y cuello de babero blanco, calcetines blancos y merceditas de charol, se arracimaban alrededor de Peter y parecían querer captar su atención. ¿Se contaba esta pupila entre esas caras jóvenes y redondeadas?

A los pocos días de que zarpara de Malaca en dirección a Francia, Per decidió de buenas a primeras dar media vuelta para ir a buscarla. Se le reapareció entonces a la muchacha en medio del jardín de infancia aquel hombre misterioso y envuelto en magia que le proponía que se fuera con él. Ella aceptó, con la condición de que primero se casaran.

Así fue como Peter se vio en el despacho de la teniente Ann Ho, con el contrato matrimonial en la mano y explicándole a la impasible y severa directora sus planes para la pupila. Era menor de edad, por lo que, para que el matrimonio fuera legítimo, debía firmarlo Ann. Pero Ann, en lugar de aceptar o rehusar, le impuso su voluntad a Per. Abandonando su país, su carrera y a su familia, anunció sin aspavientos que Per se marcharía con ella y no con la pequeña, tras lo cual agitó una campanilla para que un trabajador acompañara a mi padre a la salida. ¿Estaba enamorada? En cualquier caso, Ann describía a los caucásicos como «diablos peludos» y su familia la repudió por rebajarse a partir con uno de ellos. Tampoco lo hizo por amor hacia Thomas, al que habría preferido dejar en la guardería.

No es en absoluto mi tipo y sin duda debería izar las velas y salir huyendo; pero, por otro lado, la admiro... tiene treinta y dos años, es virgen y de buena familia... Quizá con el tiempo llegue a ser mi gran amor... Tiene mucho que aprender, porque no sabe nadar ni montar en bicicleta, ni cocinar, ni hacer el amor. Sin embargo, me aburre profundamente, habla inglés a duras penas y su único tema de conversación es la Biblia. Tal vez cuando lleguemos a Francia me busque a otra.

Unos días más tarde, no obstante, aparcó junto al Artémis un coche del que se apeó Ann, maletas en mano. Per levó anclas con ella esa misma tarde. Más adelante yo conseguiría visitar aquella guardería de Malaca. Un muchacho me contó que se acordaba de Ann. Él tenía siete años y también estaba tutelado por el Estado cuando la directora desapareció de un día para otro con un aventurero alto y rubio, un viudo desconsolado. Cinco años más tarde corrió por toda la escuela el rumor de que la mujer se había arrojado al mar en un acto de desesperación. Imagino que le prohibieron hablar conmigo, pues a partir de ese momento cortó todo contacto.

Se marcharon juntos de Malasia sin un destino concreto, tan solo con una dirección vaga en mente: él quería, sobre todo, volver al Este. Ann no se aclimataría jamás a la vida en altamar. En el canal de Suez, tras remontar el mar Rojo, pesaba apenas treinta y seis kilos, de tan violentos como eran sus mareos. Su vida en común duró cinco años y sería un reflejo de su enlace matrimonial. Organizaron una gran fiesta en Noruega a la que no se presentó nadie. «Una ceremonia de lo más funesta», me diría un día el sacerdote.

De puerto en puerto, Peter iba al encuentro de las embarcaciones con bandera francesa. Se presentaba en un francés impecable con la ilusión de que su nombre resultara familiar. Pero por más que en el pasado hubiese encarnado una auténtica leyenda para los navegantes de su generación, entre los más jóvenes ya había caído en el olvido. Entre ellos, los que coincidieron con él en esta época recuerdan a un hombre recto y rígido, amable pero sin calidez. Los perturbaba la belleza y la austeridad de su barco, al que se entraba igual que a una capilla. La estructura de teca en la que se alineaban las cabezas de los clavos de cobre, sin cortinas ni cojines, sin frivolidades, nada que ver con el ambiente festivo que reinaba entonces en los muelles. Lo más desconcertante era constatar hasta qué punto aquel hombre, que todo lo gobernaba con mano experta, estaba lleno de incertidumbres acerca de la continuación tanto de su travesía como de su propia vida. Navegaba entre Italia e Inglaterra, fondeando en Cagliari, Toulon, Vigo o Faro, ciudad donde nació Carmen al cabo de tres años de errancia. Quienes se lo encontraban de año en año coincidían en ver en él a un mismo hombre en los mismos puertos planteándose las mismas preguntas. No tenía ningún sitio al que ir.

Ann se hundía en la depresión y Thomas se había convertido en su chivo expiatorio. Lo atormentaba, lo afligía a base de crudos reproches y le pegaba cada vez con más frecuencia cuando Peter no estaba. Pero mi padre no tenía valor de echarla del barco. Un día, durante una travesía por el Atlántico en dirección a Martinica, Ann cayó por la borda. Lo único que Peter encontró de ella fue el cubo de plástico amarillo que llevaba en la mano en el momento de la caída, ondeando en la superficie del agua. Nunca llegó a aprender a nadar.

*   *   *

—Una parcelita de mi corazón estaba reservada a ese hombre —me cuenta Karine—. En cada puerto que pisaba, incluso cuando ya no vivía en el mar, preguntaba siempre si alguien sabía algo de Peter Tangvald. Así fue como me enteré de que Ann se había precipitado por la borda. Me asusté...

—¿De qué?

—De la soledad, que transforma a las personas. Y un barco es un espacio cerrado... En él, uno puede llegar a tener un sentimiento de omnipotencia.

Ella misma lo había vivido en su piel tras su ruptura con Yvon. Se hizo a la mar con un hombre que la tuvo secuestrada en su barco. Llevaba siempre encima las llaves del motor de la lancha, le escondió el pasaporte y se aseguraba de que ella nunca cogiese el bolso si pisaban tierra firme. Cuando por fin logró escapar, fue acogida en un pueblecito, una aldea de la Polinesia llamada Tuamotu, por una pareja de pescadores. Tenían tres libros: la Biblia, *La perle noire* y la autobiografía *post mortem* de Peter Tangvald. Después de leerla, Karine escribió la que sería la última entrada de su diario dedicada a mi padre.

> *¡Peter ha muerto! ¡Thomas está vivo! Ayer terminé* At Any Cost, *la autobiografía de Peter Tangvald. Ni rastro de sus hijos noruegos, que tenían vedado el contacto con él porque la cosa habría acabado mal. Ni rastro de su angustia para encontrarle una madre a Thomas tras la muerte de Lydia, cuando me pidió que me fuera con él. Ni rastro de esa pupila del Estado a la que pidió matrimonio en Malasia. En su relato, Ann le cae del cielo. Ni rastro de ese intercambio de mujeres que le propuso a Yvon en Port Grimaud.*

Odio a los hombres que escriben libros sobre ellos mismos y sus mujercitas. Convendría localizar a la madre de esa tercera hija, Florence, la que se marchó.

* * *

Fort-de-France, 2 de enero de 1985

Un barco arribaba a lo lejos, trabajosamente y en contra del viento, en la bahía de Fort-de-France. Desde el puerto, un navegante reconoció la vela mayor del Artémis, el barco de Per Tangvald, y se subió a su barca de remos para reunirse con él en mar abierto y ayudarlo a maniobrar.

Lo conoció poco después de la muerte de Lydia, cuando iba acompañado de Ann y Thomas. Cinco años atrás habían remontado juntos los vientos del mar Rojo hasta el canal de Suez y durante meses fondearon uno al lado del otro, compartiendo comidas y veladas. Por entonces Ann llevaba poco tiempo embarcada, y Per y ella parecían formar una pareja apacible. Per lo saludó al verlo llegar y lo invitó a bordo. Estaba solo con Thomas y con un bebé de pelo negro y ojos almendrados. Le preguntó dónde estaba Ann. «Ann se cayó por la borda». Per nunca llegó a dar más detalles.

Venía de las Granadinas, adonde se había desviado para declarar su fallecimiento antes de reanudar su camino a Martinica. No quería tener que declarar una segunda muerte en altamar a las autoridades francesas. «Tengo que encontrar una nueva mujer para los niños».

* * *

Mi abuela llevaba un año sin ver a su hija cuando recibió carta de un desconocido. La carta provenía de Puerto Rico, una isla a la que ella nunca había ido y donde no conocía a nadie.

Peter TANGVALD
General Delivery
San Juan
Puerto Rico
USA

Estimada señora Dekeyser:

Espero que la presente no la contraríe, pues usted aún no me conoce y sin embargo le escribo para anunciarle mi enlace con su hija, que se celebró aquí en San Juan hace tres días, el 24 de septiembre.

11

Mi madre y su padre, Jacques, volvían de Nueva York y se dirigían hacia las Bahamas a bordo del Émilie cuando hicieron escala en Virginia y descubrieron aquel magnífico barco de teca, el Artémis. Raras veces había visto ella a su padre tan emocionado como cuando atracó a su lado y vieron a Per salir de la bodega con intención de presentarse.

Antes de que sus padres se separasen, mi madre solo había conocido Bélgica. Cuando con quince años se reunió con su padre, que se había marchado para vivir en el mar, el sol radiante de las Bahamas la deslumbró. Habría deseado bañarse en esa luz durante el resto de su vida. Se proyectaba perfectamente en el futuro viviendo esa vida de fogatas en la playa y banquetes de cangrejos y langostas pescados con nasa. En los trópicos, mi madre consiguió comprar un barquito en el que navegó junto al Émilie hasta Nueva York, donde lo vendió con provecho. Volvía al sur para repetir la jugada, esta vez con una embarcación de mayor tamaño.

Tras invitarlos a bordo, Peter les propuso ir a la parte delantera del barco, donde dormía Carmen. Quería enseñarles lo guapa que era. Mi madre descubrió entonces a esa niña pequeña de pelo negro y brillante y piel aceitunada, adormecida en su cuna a los pies de la cama, arropada por la mirada amorosa de su padre. Todas las noches, a la luz parpadeante de la lámpara de petróleo, mi madre escuchaba a los dos hombres hablar de navegación y de sus aventuras en el mar mientras Carmen se acurrucaba entre sus brazos. Era la primera vez que oía hablar a su padre con tanto respeto. Ella nunca había conocido a un navegante que viajara exclusivamente a vela. La tecnología más sofisticada a bordo era su linterna. Ella también quería aprender a surcar los mares sin más guía que las estrellas. Peter se le aparecía como un hombre misterioso, digno y completamente indiferente a lo que pensaran los demás. Parecía tener un dominio total de su persona. Mi madre se dijo para sus adentros que quizá gracias a ese hombre que se había medido con todo aprendería a ser libre.

En el momento en que Peter levó anclas, ella abordó su barco, lanzándose al vacío con aquel que no se sometía a ninguna ley, ni a las de los hombres ni a las de la naturaleza. A finales del verano, en pleno mes de ciclones, se marchó con el hombre que ella nunca sabría describirme.

Mi madre recuerda una noche que estuvo muy enferma a la vez que un ciclón pasaba muy cerca de donde se encontraban. Abrió la escotilla para echar un vistazo pero no logró discernir más que grises, el océano desatado y sus pavorosos clamores. Era imposible diferenciar el cielo del mar. Cerró la escotilla y se aovilló en el interior. Vio entonces a Thomas, con la cara verdosa, tirado en el suelo, paralizado de terror. Se dirigían a Martinica y la tempestad los obligó a desviarse hacia

Puerto Rico. Mi padre dirá que fue una de las travesías más hermosas de su vida.

Llevaban una semana allí cuando mi padre le pidió matrimonio a mi madre mientras hacían la compra. Se casaron ese mismo día ante un juez, con la señora de la limpieza y un operario que estaba arreglando suelos como testigos.

* * *

Yo nací una mañana de diciembre en la laguna de Boquerón, en el oeste de Puerto Rico, un año y medio más tarde. Mi madre estaba tumbada en la banqueta de madera, la misma en la que había nacido Thomas, empapada de sudor bajo el calor implacable de los trópicos. Mi hermana estaba aterrorizada por los gritos de mi madre, que empezaron en plena noche. Sus últimos bramidos resonaban aún por encima de la superficie aceitosa y lánguida de la rada cuando mi padre me sostuvo en el hueco de sus manos, en el hueco de su sueño sobre el agua. Allá donde es imposible echar raíces. Allá donde mi corazón sigue vagando igual que un fantasma. «¡Es una niña!», exclamó. Yo no lloraba, solo parecía perpleja.

¿Me dirigió también a mí sus ojos cargados de amor? Per adoraba a los bebés. Adoraba los nacimientos. Adoraba a las niñas. Por lo visto, yo tenía los labios color escarlata. «¡Parece que se los ha pintado!», bromeó Thomas.

Per le ofreció a mi hermano las tijeras que previamente había hervido en el agua de la pasta para que cortara el cordón umbilical. Thomas corrió a buscar un libro en el que meterlo para que se secara como una flor. Carmen me cargaría en brazos hasta el pecho de mi madre, agotada, jadeante. Mi madre, la mujer que sobreviviría.

En París, en las terrazas, en mi habitación de hotel, yo seguía leyendo las cartas que mi padre había enviado a su agente y sus amistades. Las cartas de este periodo están cargadas de esperanza y optimismo.

A Clare y Edward les cuenta el día de mi bautismo, en Culebra, en la parroquia de la Virgen del Carmen, la santa patrona de marineros y pescadores.

Para nuestra sorpresa, Virginia estuvo tranquila hasta cuando el sacerdote le echó el agua bendita por la frente (bastante cantidad, he de decir). Solamente puso cara de sorpresa, como si se preguntara qué estábamos tramando.

De modo que ahora, Clare, eres la madrina de la bebé más maravillosa del mundo, a la que espero poder presentarte algún día de estos.

Da las gracias a los amigos por sus regalos y les cuenta nuestro día a día en el barco. De misiva en misiva va esbozando el retrato de una vida feliz, relata mi nacimiento y lo mucho que disfruta mi hermano haciéndome reír. Lo mucho que a mi hermana le gusta vestirme y maquillarme con sus rotuladores rojo y azul. Lo mucho que duermo y lo poco que lloro, nada. Esperaban con impaciencia que me despertara para jugar conmigo como con una muñeca. Yo era el bebé más feliz del mundo. Pasaba horas en cubierta escrutando el horizonte, al acecho de los barcos que entraban y salían de la laguna. Imitaba a menudo a mi hermana, y cuando Carmen se hartaba de mí me ponía una mochila cargada de libros para inmovilizarme en el suelo. Habla de Carmen, de sus sonrisas maravilladas para todo el mundo, de cómo enternecía corazones dondequiera que fuese. Cuando desembarcaban, tenían que prenderle una nota en la pechera en la que rogaban que no le dieran caramelos. Mi padre contaba también que nos alimentábamos de fruta silvestre, de pescado y de conejos. Los conejos no eran asustadizos, así que a mi padre no le hacía falta escopeta. Bastaba con esperar a que acudieran a comer de su mano para retorcerles el pescuezo. Le agradaba aquella isla paradisíaca donde el viento siempre era cálido.

Sin embargo, una sombra persistía entre líneas. Era evidente que estaba obligado a vagar entre Estados Unidos y las Antillas. Que ya no había lugar para la aventura. Que no quería volver a estar solo con sus recuerdos. Había perdido el contacto con todas sus amistades; se movía tanto que la correspondencia había acabado por perderse. «Empiezo a estar cansado de viajar». Pero no lograba deshacerse del barco ni del sueño de una vida en el mar. La navegación, ese antídoto contra el insomnio que implantara su propio padre cuando Per era adolescente, empezaba a tornarse en pesadilla.

Las velas se corrompían, no paraban de rasgarse, y él ignoraba cómo continuar su camino. «¡Pobre Thomas! ¡Hasta qué punto están un niño pequeño y todo su porvenir a merced de las decisiones de su padre! En función del rumbo que yo escoja, su vida entera será diferente».

Las cartas previas al encuentro con mi madre tenían ya cierto regusto a final. Lo habían decepcionado la remontada del mar Rojo, la arena y las alambradas de espino, y la policía se le echaba encima en cuanto atracaba para interrogarlo durante horas. Ya no tenía ningún sitio adonde ir. El encanto de los cocoteros antillanos se pagaba demasiado caro, afirmaba. No le gustaban las multitudes de Asia, donde manos sucias tocaban sin cesar el rostro de su hijo. Lo entristecía que las fronteras se cerrasen una detrás de otra. Era libre de regresar a Noruega, pero allí se habría sentido en la antesala de la muerte. El país que añoraba era Francia.

Sin embargo, cuando más siniestras se volvieron sus cartas fue después de que mi madre huyera conmigo. Per ya había dado la vuelta al mundo varias veces, vagando siempre entre los mismos puertos, que cada vez lo defraudaban más. Ya no sentía afición por nada. Los hombres lo aburrían y lo irritaban cada vez más. Sin embargo, él perseveraba en concluir sus cartas con estas palabras de La Fontaine: «El lobo escapa y corre de nuevo». A Edward le escribió que para él habría sido más fácil que mi madre hubiera muerto antes que saberla separada de él.

> *Si bien es cierto que la muerte de una compañera de vida representa el dolor más intenso, lo prefiero cien veces al sufrimiento infinitamente más largo de una separación que actúa igual que un cuchillo hurgando eternamente en la herida.*

Me quedaba una persona a la que ver, France Guillain, una navegante y autora junto a la que Peter y Lydia atracaron en Filipinas. Todo apunta a que a Per no le caía bien.

Me percato una vez más de que la gente no conoce a los dioses que venera. Los Guillain son una pareja desgraciada. France es una mestiza tahitiana y una exaltada de la liberación de las mujeres y el naturismo. Cuando la veo intentando convencer a todo el mundo me recuerda a una maestra que tuve en la escuela y que me provocaba migrañas.

A France, autora de un libro de éxito, también fue fácil encontrarla. Cuando le mandé un correo me envió enseguida su número de teléfono y me instó a que la llamara lo antes posible.

* * *

—¡Llevo cuarenta años esperando tu llamada!

Soltó una larga letanía a toda velocidad. Parecía un pesado saco de arena con un agujero. El nombre de France Guillain estaba escrito en letras redondeadas en el marco de una de las diapositivas en la que salía de espaldas, enfrascada en una conversación con Lydia.

Sus respectivos barcos estuvieron atracados juntos durante tres semanas en Puerto Galera. France fue una de las últimas personas que vio a Lydia con vida. Me habló de la mirada escalofriante de mi padre, una mirada que no era humana, según ella. Ojos de acero.

—Lydia tenía miedo. Miedo de que la tirase por la borda.

En un arranque de ira, él le había dicho que ya había matado a una mujer en el mar y que con ella haría lo mismo.

Lydia fingió no haber comprendido la confesión, pero se dio cuenta de que a partir de entonces encarnaba un peligro para él; podría denunciarlo en cualquier momento. Sin embargo, ni hablar de hacerlo en Filipinas. Navegaban en dirección a Australia, donde había nacido la propia Lydia, también en el mar, y allí era donde necesitaba estar para abandonar a Per, con su hijo de la mano. Allí era donde podría solicitar protección policial, donde podría encontrar trabajo y rehacer su vida. En Filipinas, temía que las autoridades la devolvieran a su marido sin más miramientos.

Envió una carta a las autoridades australianas por si no llegaba a destino. Esta carta, de la que Lydia hizo una copia para France, enunciaba abiertamente que si el Artémis llegaba a puerto sin ella, sería porque su marido la había asesinado.

—Cuando vives en el mar, estás obligado a tomar decisiones drásticas. No existen las medias tintas. Rige solamente la ley de la naturaleza. Se vive como si las leyes del hombre ya no existieran, porque ya no hay nada a lo que atenerse. Ni siquiera sabes si llegarás a donde pretendes. Después de tanto tiempo en el mar, a poco que a uno le falte empatía es capaz de desembarazarse de una persona como de un pescado.

Pero France no tenía ni la carta, que entregó a la policía, ni sus bitácoras de la época, que daban constancia de aquellas conversaciones.

—Thomas tenía una relación simbiótica con su madre, así que debió de ser espantoso para él. Los niños lo entienden todo, saben lo que está pasando en todo momento. Lydia lo llevaba siempre en brazos, le cantaba a todas horas. ¡Era un niño cariñoso, brillante, adorable! Sin embargo, la gente que lo conoció después asegura que era totalmente mudo. Lo tomaban por un niño autista.

France esperaba que estas historias, una vez publicadas, llegasen hasta Thomas a través de una vía misteriosa. Una especie de mensaje en una botella. El miedo que le tenía a Peter la obligó a cambiar todos los nombres.

—Los niños necesitan comprender de dónde vienen y quiénes son. Y cuando uno se ha construido a partir de mentiras, a partir de relatos falaces, por fuerza lo sabe de alguna manera. En un momento dado ha habido, necesariamente, una vinculación con toda esa verdad del otro. Mientras no tengamos conciencia de ello, nos puede destruir sigilosamente desde dentro. Puede impedirnos vivir. Thomas no estaba en el mundo. Estaba desencarnado porque no tenía acceso a la realidad. Todas esas mujeres a las que se tragaron las aguas, muertas por culpa de vuestro padre, continúan mandando mensajes. Mensajes aterradores que siguen circulando.

* * *

Al día siguiente volví a Montreal. Días antes me di cuenta de que yo, tan solitaria por lo común, me sentía sola y tuve la necesidad de compartir París con alguien. Me acordé entonces del hombre que había conocido en la terraza de Chez Paul. Rebusqué en mis cuadernos para dar con la dirección de correo que él me había apuntado antes de que me marchase a Bretaña y le propuse que tomáramos un café. Me contestó que estaba en el sur y que regresaba justo el día en que yo me marchaba. Me sorprendió la envergadura de mi decepción.

Deambulé por anticuarios y mercadillos, absorta en las baratijas, esos testimonios de las vidas de personas desconocidas, expuestas sobre metros y metros de mesas. Las fotos de la familia de otro, una cabeza de maniquí en escayola con la pintura desconchada, tocada con un sombrero negro con velo de viuda, encajes, un vinilo de Claude François, un plato con cerezas de porcelana pegadas.

—¿Cómo encuentra todas estas cosas? —le pregunté al vendedor.

—Vacío casas de gente que se ha muerto —respondió sin tapujos.

Compré unos ojos de muñeca de vidrio soplado que habían encontrado escondidos en el jardín de una vieja fábrica de juguetes. Llegué por casualidad al parque des Buttes-Chaumont. Era la primera vez que me paseaba por allí y estuve largo rato observando una bandada de cotorras que perseguía a unos cuervos. Mi viaje había terminado. Había albergado la esperanza de que Jean viniera y viera aquel lugar donde me sentía como en casa. Y que me viera a mí, de hecho. Fue en esta ciudad donde a mi padre, con catorce años, una pitonisa le vaticinó que tendría nueve vidas, como los gatos. Esta ciudad que mis abuelos describían como la séptima maravilla del mundo antes de verse obligados a abandonarla por culpa de la guerra. Leyendo su correspondencia, intuí que a mi padre le habría gustado establecerse en París y dedicarse a la fotografía. También podríamos haber ido a Bélgica, donde viven mis primos maternos. En realidad, yo no había escogido ninguno de los destinos a los que viajamos.

Jean no quiso venir. En los años noventa tenía mucho éxito en Francia y en vísperas de una gira, con todas las entradas agotadas, informó a su agente de que estaba en el aeropuerto con su novia porque habían decidido irse a Brasil. Hizo perder a los inversores franceses una suma exorbitante y desde entonces tenía un miedo cerval a las posibles represalias.

Mientras paseaba por el parque des Buttes-Chaumont recibí un email de Youssef en el que me contaba que finalmente volvía un día antes de lo previsto y me proponía que cenáramos. Acepté. Sin embargo, a medida que avanzaba el día se instaló dentro de mí cierto malestar ante la idea de haberme comprometido a algo más que un simple café. Llamé para anular la cita, pero su voz a través del teléfono era tan luminosa, sencilla y abierta que volví a cambiar de idea y le confirmé que allí estaría.

Llegó al restaurante sin pasar antes por su casa, exhausto y con el pelo engominado. Al verlo cruzar el restaurante con las muletas me pareció que tenía las hechuras de un héroe de novela con cuerpo de bailarín. Parecía divertirle la dificultad que encontraba para desplazarse, como si estuviera interpretando un número para mí. Se sentó enfrente, derrengado por el viaje que acababa de hacer. Con un codo encima de la mesa y la cabeza apoyada en el puño me miraba con sus ojos castaños brillantes de cansancio. Tenía unos hombros preciosos.

Me pregunté qué me encontraría en Montreal. En aquel apartamento donde mil veces había creído perder la razón. Donde tantas veces, como una antena fulminada por un rayo, una rabia fulgurante había atravesado mi cuerpo. Aquel apartamento contra cuyas paredes había estampado tantas pertenencias que me gustaban con tal de liberarme de esas descargas eléctricas. Creo que lo que rompía, poco a poco, era una pequeña parte de mí. Me acordé de esa vez en Costa Rica en la que, peleando con Jean en la ladera de un volcán, sentí esas descargas atravesándome los brazos. Me embargó una pulsión tan fuerte de arrojarlo al vacío que tuve miedo. Eché a correr pendiente abajo por los caminos de tierra mientras Jean me reprochaba a gritos mi debilidad por no enfrentarme a él. Por fin vino a buscarme en el Land Rover de frenos caprichosos.

Qué difícil es explicar ese mecanismo por el que nos convertimos en presa de semejante rabia y locura. No recuerdo ya lo que le conté a Youssef, pero mientras me escudriñaba capté en su mirada oscura e intranquila que había entendido mis tormentos. En aquella época, sin ser consciente de ello, estaba llena de tics y de manías que revelaban mi malestar. Yo estaba convencida de ser una persona estable y de transmitir esa impresión a los demás, pero Youssef, sin decírmelo, percibía mi extrema fragilidad, aleteando sola entre peligros amorfos.

Me sostuvo la mirada todo el tiempo que duraron nuestros respectivos relatos. Me contó que en su vida había habido una mala influencia. Que había existido alguien que lo había vuelto loco. Una persona resentida con su luz que había hundido su mano en lo más hondo de su ser hasta alcanzar y remover el lugar donde se agazapaban sus pasiones más oscuras y repulsivas. Había vivido durante años una relación de pareja de la que no lograba salir. Mil veces había deseado dejar a aquel hombre. Por alguna razón que no acertaba a entender, estaba clavado a aquella relación tan posesiva como platónica con un hombre seropositivo. El médico que le administraba sus tratamientos había advertido a Youssef que, si lo abandonaba, el hombre moriría.

Fue con él a Seychelles para celebrar la Nochevieja del año 1990. Youssef no tuvo valor de escupir las pastillas que él le había metido en la boca por la fuerza. No entendía por qué no paraba de caerse al ir al baño. No sabía aún que había tomado éxtasis cuando se tiró a la piscina con una fuerza que no supo medir. Una fuerza que lo propulsó hasta el fondo, de cabeza. Allí se quedó un momento flotando, con la cara vuelta hacia el alicatado azul y ondulante y los brazos en cruz, tragando agua clorada e incapaz de moverse, hasta que alguien se dio cuenta de que estaba ahogándose.

—Hay relaciones que solo pueden abocarte a la tragedia. Sálvate antes de que sobrevenga la tragedia.

Acumulé todos los actos fallidos posibles con tal de perder el avión a la mañana siguiente. Me levanté en el último momento. En el autobús bajé en la parada que no era, cogí el tren de cercanías en la dirección contraria. Entré en el aeropuerto tan tranquila, como si no estuviera a escasos minutos de quedarme en tierra.

—¿Montreal? —me preguntó el azafato de tierra, muy divertido por mi parsimonia.

Ya en el avión me di cuenta de que lloraba sin ser consciente. Era como si mi cuerpo estuviera completamente desgajado de mí. Mis lágrimas se derramaban con sencillez. Nada más.

* * *

Mi madre nos llevaba al mercado a mi hermana y a mí para comprar el trigo en grano que ella misma molía para hacer el pan, y leche en polvo para el queso y el yogur. Per echaba el ancla cada vez más lejos. El camino que mi madre debía recorrer remando para llegar a tierra firme se volvía arduo. Cuando alcanzaba el muelle estaba sin aliento. En equilibrio sobre el bote, se agarraba al embarcadero con una mano y con la otra nos depositaba en el muelle, primero a una y luego a la otra. Se había quedado muy delgada y no tenía tanta fuerza como antes.

Estaba atando la barca blanca al muelle de Boquerón cuando, en la hierba al borde del agua, vio unos gatitos de pelaje sucio y áspero que parecían ratas. Se retorcían contra el vientre de su madre, debilitada y jadeante, peleando por la leche. Era mejor no tocarlos, podían tener la rabia. Vigilaba que ni mi hermana ni yo nos acercáramos. Yo me tambaleaba con mi peto de pana verde, las rodillas ligeramente flexionadas. No estaba acostumbrada a caminar en tierra firme.

Peter, por su parte, se quedaba encerrado en el barco escribiendo su propia vida; él era el héroe, el hombre más libre y más feliz del mundo. Gracias a ese libro pronto sería millonario, aseguraba. El ascenso sería fulgurante. Recobraría el estatus social que su familia había perdido cuarenta años atrás. Dos semanas antes se había visto obligado a vender los sanitarios de nuestro barco para reunir un poco de dinero.

Se indignaba cuando levaban anclas y mi madre hablaba de los sitios a los que le gustaría ir. Quería volver a las Bahamas, a Martinica, a Haití, por donde había navegado en otros tiempos. Recordaba las amistades que había entablado en aquellas tierras. La calidez y la generosidad de los lugareños con los que había compartido mesa. Los músicos que tocaban en las playas. Las películas de Fellini proyectadas en una sábana blanca que veían encaramados a las ramas de los árboles. Toda esa alegría se le antojaba muy lejana. Ahora los días se acumulaban, siempre idénticos.

El sueño de mi madre se marchitaba a la vez que mi padre se recluía en su mundo. Recordaba a esos viejos nobles cuyos castillos se desintegraban poco a poco después de la Revolución; ya no les quedaba nada para comer, pero se negaban a abandonar los escombros de la nobleza. Mi padre vivía sometido a sus propios grilletes, dictados por su personalísima noción de libertad.

No soportaba ya la idea de navegar por el Mediterráneo o el mar Rojo. Esos mares enclavados entre países lo asfixiaban. Le resultaban angustiosas las restricciones de la sociedad, más aún que las de las autoridades. Despreciaba la opinión de sus semejantes. Los mundos se habían reducido a la nada. Las esperanzas de libertad de mi madre se habían disuelto en un sueño extraño, una figura de juegos de sombras. Un sueño como un pacto con el diablo. Una bestia salvaje que había que alimentar sin cesar y que sabíamos que acabaría devorándonos.

* * *

Un día que fue a buscar madera para las reparaciones, mi madre decidió abandonarlo. Se vio delante de la terraza de una cafetería donde la gente paseaba, tomaba helados y charlaba animadamente. Mi padre nunca se bajaba del barco. Éramos demasiado pobres para ir al cine o tomar un café. Tuvo la sensación de estar viviendo en una secta. De haberse convertido en una de esas personas que permanecen aisladas y pierden cada vez más el contacto con la realidad. Aquella rutina malsana se había establecido de manera definitiva. El sueño de mi padre se la había tragado.

No volvió al barco. Escribió una carta para Peter y le pidió a un vecino del puerto deportivo que se la entregara. Yo, que no lloraba nunca, me pasé todo el camino hasta Toronto berreando.

Mi padre escribía cartas desesperadas a mi madre en las que le suplicaba que volviera. Esas mismas cartas que de niña yo la veía romper. «Carmen pregunta por qué se ha ido mamá». Mi madre se moría de inquietud cuando les perdía la pista. Él seguía navegando de isla en isla, caprichoso. Ella llamaba a todos los puertos buscándolo hasta que lograba ubicar el Artémis y hablar con Peter por teléfono. Le imploraba continuamente que le enviase a Carmen. Le repetía que ella la había criado y amado como a su propia hija. Que mi hermana y yo nos necesitábamos la una a la otra. Pero mi padre jamás permitiría que Carmen se le escapara.

En el puerto de Jost Van Dyke, los navegantes veían a esa niña en el embarcadero durante horas después de clase esperando a que su padre fuera a buscarla. Se derretía en los brazos de quien tuviera a bien abrazarla. Muchos se enamoraron de aquella niñita. Debatían entre ellos en el muelle, confeccionaban estrategias para cuidar de ella, para que estuviera a salvo. Para que no viajara encerrada en la cabina delantera con aquel hombre a las puertas de la muerte. Los padres de una niña de la edad de Carmen incluso llegaron a consultar a un abogado. Esperaban obtener la custodia, pues ya cuidaban de ella a diario. El día que Carmen descubrió que debía despedirse, sus alaridos resonaron en todo el puerto.

Cuando mi padre entendió que mi madre no iba a volver, rompió en pedazos el último capítulo de su libro *Happy at Last* y puso rumbo a Bonaire. Allá donde los marinos aún recuerdan haber visto la muerte en sus ojos.

* * *

Nunca se ha sabido por qué Peter decidió tomar aquella ruta imprudente la noche del naufragio. Por qué bordeó la isla de Bonaire por el costado oriental, el costado salvaje, infernal, donde sopla permanentemente un viento furioso. Nunca se ha sabido por qué navegó directo hacia la costa, o bien si llegó a ver la luz del faro. Por qué no notó que el mar cambiaba al aproximarse a tierra. Nunca se ha sabido si fue a abrirle la puerta a Carmen, si mi hermana murió en sus brazos o si murió sola y aterrorizada, encerrada en la cabina oscura que el agua iba anegando.

Habían hecho parada en Puerto Rico para recoger a Thomas, que estaba allí fondeado. Después de todo lo que había sufrido a manos de Ann, mi hermano nunca consiguió ver a Carmen como la niña que era, sin que la cara de su madre se fundiera con la suya. Una especie de odio hacia ella había calado en su corazón, y Thomas no soportaba su presencia. Por eso navegaba en su propio barco, remolcado por el de su padre.

La noche del naufragio, al ver que el Artémis iba directo hacia los arrecifes, Thomas le preguntó a su padre a gritos por qué no cambiaba de rumbo. Pero el viento se llevaba su voz y sin radio era imposible comunicarse o despejar la confusión que invadía su corazón. El Artémis se hizo pedazos ante sus ojos, sumiéndolo en un estado de total estupefacción marcada por los gritos de Carmen, que resonaban por encima del rumor de las olas, del viento y de aquel monstruo de madera que se hacía añicos. Solo tres días más tarde, cuando lo llevaron a la morgue para identificar aquel cuerpo naufragado hasta el litoral con un vestido azul de volantes, dejó Thomas de ver la cara de Ann al mirar a su hermana. Como si hubieran apartado un velo, de pronto se le apareció como la criatura que era. La niña que bailaba en la cubierta. Y en ese preciso instante comprendió que nunca la había odiado. Que siempre la había amado.

* * *

Camino de Andorra, Thomas se sumió en un sueño profundo del que nadie lograba sacarlo. En el aeropuerto, Clare tuvo miedo de perder el vuelo a Barcelona: por más que gritó, lo roció con agua fría y zarandeó su cuerpo inerte, mi hermano no se despertaba. Hubo que trasladarlo en brazos hasta su asiento.

Los años siguientes, entre Andorra e Inglaterra, Thomas volvería a hundirse a menudo en ese letargo irreprimible que duraba horas, incluso días. Se quedaba dormido con la cabeza apoyada en el plato en la cafetería de la universidad, en su bote mientras remaba, en la ducha. Lo encontraban aquí y allá, derrengado en el suelo, en posición fetal o retorcido en posturas improbables. Como una marioneta a la que le hubiesen cortado los hilos.

Nueve años después del naufragio, Thomas compraría en Inglaterra un barquito de madera de menos de siete metros de eslora muy parecido al que nuestro padre adquirió tras la muerte de su hermano. Para mantener el calor se fabricó una estufa de leña con el tubo de escape de un camión viejo y un conducto de ventilación hecho con latas de conserva. Tras calafatear varias fugas y sustituir los tablones podridos de la embarcación, se lanzó a atravesar el Atlántico a ciegas, seguro de que sabría llegar hasta Puerto Rico. Thomas siempre había sabido que regresaría. Con un rudimentario mapa del mundo navegó a tientas en su barco diminuto. «Ha cruzado el océano a bordo de un ataúd», me informaron.

Al cabo de cuarenta y siete días vio aparecer las luces de la ciudad a través de la niebla. La agitación del mar dio paso paulatinamente a una calma irreal cuando Thomas se deslizó por aquellas aguas protegidas por la tierra. Había llegado a Puerto Rico, la isla donde mi hermano me vio nacer. El último lugar donde había alimentado la esperanza de formar una familia feliz después de todo, a pesar de todo. Antes de que todo aquello a lo que pertenecíamos se quebrase en mil pedazos contra los arrecifes de la costa de Bonaire. Más adelante contaría que aquel fue el día más feliz de su vida.

✳ ✳ ✳

La primera vez que Christina vio a Thomas trabajaba como maestra en una escuela de primaria de Isabela, en Puerto Rico. Desde el patio del colegio donde los niños corrían a ponerse en fila en cuanto sonaba la campana, Christina vio a un hombre rubio de largas rastas pasar por detrás de la verja con sus andares tan singulares. No se parecía a ninguna otra persona, era rápido y ágil, parecía patinar sobre el asfalto. A los pocos días hablaron brevemente cuando ella lo encontró en un astillero junto a la costa, donde él reparaba un barco, descalzo en la arena. Se quedó inmóvil cuando la vio, como un gato que hubiera presentido una presencia en un arbusto.

Thomas se le acercó espontáneamente, acarició un mechón de su pelo rubio y le dijo que era muy guapa, en un tono inocente y cautivado. Ella no descubrió gran cosa de él aquel día aparte de que se llamaba Thomas y que poseía una colección de barcos en Culebra, todos en muy mal estado, que él trataba de salvar incansablemente. De hecho, estaba reparando aquel barco para sumarlo a su flota. Una noche que había llovido, al pasar por delante de donde faenaba Thomas, Christina lo vio durmiendo en el suelo, desnudo y tiritando, con una pila de ropa mojada hecha una bola a su lado. Le llevó una manta y se la echó por encima. Él se despertó y la besó de un modo tan impulsivo como natural antes de seguir durmiendo, ya bajo la manta. A la mañana siguiente se marchó a Culebra. Ella no se sacaba de la cabeza a aquel hombre. Cuando caía la noche iba a sentarse en la arena caliente y, escuchando el sonido amortiguado de la espuma que lamía la playa, le rezaba a la luna para que se lo trajera de vuelta. Un día reconoció su voz. Thomas la estaba llamando, y Christina lo vio de nuevo, con las manos aferradas a la verja del patio del colegio. No sabía cuánto tiempo llevaba allí. Había ido a buscarla. Ella cogió todo lo que fue capaz de transportar hasta el barco y al día siguiente zarparon en un mar gris y picado, con una tabla de contrachapado en la cabina para protegerlos de las olas. Thomas tenía demasiada prisa para esperar a que las aguas se calmaran.

La tierra y sus luces desaparecían entre la niebla, a sus espaldas. No había luna y las nubes ocultaban las estrellas. Estaban sumidos en una negrura que Christina jamás había conocido. Una negrura densa y opaca como de terciopelo. Lo único que había era el ruido sordo de las olas que se estampaban contra los laterales del casco seguido de su murmullo, el fragor constante del viento y el sonido de la proa que hendía el agua para no precipitarse a la nada. Oía los pasos vivos de Thomas, que corría de un extremo del barco al otro regulando las velas sin mediar palabra. Ella se puso a cantar.

Al alba, Christina subió a cubierta y descubrió a Thomas sentado muy sereno en la escalera de embarque, contemplando el balanceo de las olas. En el barco era otra persona. Tan pronto como sus pies pisaron la cubierta se volvió profundamente mágico. Christina tenía la sensación de haber pasado al otro lado de algo.

12

Jean estaba nervioso cuando vino a recogerme al aeropuerto. Adivinaba que yo no tenía ganas de volver. Durante el trayecto en coche me dediqué a mirar los solares que desfilaban por la ventanilla mientras le contaba mi viaje sin creer de veras que entre nosotros fuese aún posible mantener una conversación normal. Nos costaba tanto comprendernos. En el pasado yo había observado durante sus conciertos ante decenas de miles de fans a jóvenes agarrándose con firmeza a la valla que los separaba de él, con los ojos cerrados y la cabeza gacha, como sumidos en una profunda plegaria. Sus vidas parecían depender de Jean, de sus palabras. A mí, sin embargo, estaba haciéndome perder la razón.

La escalera de caracol vibró bajo nuestros pasos cuando subimos las maletas. Estaba acostumbrada a percibir las vibraciones de aquella estructura de hierro forjado que conducía a la tercera planta. Cuando Jean volvía a casa me generaba oleadas de angustia, una bandada de pájaros que echaba a volar. Reconocí enseguida el olor familiar de los puritos que fumaba compulsivamente sentado en el suelo del salón, junto a la chimenea. Un olor a tabaco dulzón que me gustaba mucho. Intenté mostrarme alegre a pesar de todo.

Mi despacho estaba tal como yo lo había dejado. Vi incluso la taza de café que había tomado allí un mes antes. La pluma verde y oro que Jean me regaló cuando cumplí treinta años, asegurándome que era lo único que necesitaría para ganarme la vida. Es la pluma con la que escribo estas líneas. Cuánto camino había recorrido en diez años. Había vivido con Jean aquella existencia desorganizada, al margen, impregnada de libertad y ansiedad. No sabía muy bien qué había sido de mí, pero ya no podía volver atrás. Me sabía destinada a una vida errante, con o sin él. Sin embargo, un nuevo deseo había empezado a formarse en mi interior, el deseo de vivir en hermandad con el mundo.

Esa tarde, Jean salió a comprarse una cajita de Panther y volvió con un pajarillo entre las manos. Un pájaro herido que había descubierto agazapado en la hierba, a merced de los gatos. Era doloroso ver aquella pequeña criatura presa del pánico en las palmas de sus manos, con los ojos medio cerrados por el cansancio y la desesperación. En una caja de cartón pusimos una toalla, agua y unas semillas, y lo acomodamos. No comía. Le costaba mantenerse en pie. Nos dijimos que era culpa nuestra. Lo pusimos en el escalón que separaba el salón del balcón. Sus patas se habían enredado entre los hilos de la toalla. Se quedó allí inmóvil un rato.

Mientras yo deshacía el equipaje, observaba a Jean escribir y dibujar a pluma con tinta japonesa, concentrado, con las facciones tensas bajo la luz parpadeante del fuego de la chimenea y entre el humo de su purito. Cómo amaba yo aquel rostro cortado a cuchillo, con sus ojos luminosos a pesar de la tristeza que irremediablemente se había alojado en ellos. Aquella mandíbula cuadrada, aquella nariz torcida que él no recordaba cómo se había partido, aquellos pómulos marcados. La misma persona que tan a menudo yo había visto superada por la ira y la animosidad contra el mundo entero, repitiendo los mismos pensamientos oscuros durante horas, impermeable a la exasperación de su rehén, era capaz asimismo de formular las verdades más luminosas, la luz de un faro que te salvaría la vida. Jean se había peleado para siempre con la raza humana. Aquella tarde entendí lo mucho que se parecía a mi padre. Fiel para los restos a esa búsqueda del absoluto, a dondequiera que te lleve. Y yo caminaba siguiendo su estela, sin quererlo y sin saber por qué. El sueño que habíamos compartido se había marchitado. Yo ya no sentía ningún deseo de destrucción. Lo que en otros tiempos se me había antojado como libertad empezaba a parecerse mucho a una muerte lenta.

Cuando se percató de que lo estaba observando vino a darme un abrazo. Yo sabía que siempre lo querría. En ese preciso instante el pájaro cayó emitiendo un leve sonido sordo y frío. Lo tomé entre mis manos. Sus patas minúsculas seguían enmarañadas y sus ojos seguían entrecerrados. Estaba muerto. Jean me lo quitó de las manos, lo tiró al patio para que se lo comieran los gatos y regresó a sentarse junto al fuego. Contemplé durante un momento aquella mancha parda y mullida, inmóvil entre los dientes de león y la mala hierba. Una ventana se abrió en mi alma. Una ventana que debería haber permanecido cerrada pero que alguien había dejado entreabierta por accidente. Golpeteaba suavemente al capricho del viento mientras el sol del crepúsculo atravesaba el visillo de encaje. Una ventana que no recordaba haber visto antes, la ventana de una casa de campo antigua. Ahora podía escapar. Había una brecha por la que salir de aquella relación en la que me sentía moribunda. Llevaba años queriendo marcharme, pero unas fuerzas invisibles me lo impedían. Había aparecido la ventana. Pero pronto volvería a cerrarse, y existía la posibilidad de que una vez cerrada ya nunca más se abriera de nuevo. Dejé a Jean unos días más tarde. El momento más doloroso de mi existencia. Había estado con él casi toda mi vida adulta. Todo mi organismo parecía entreverarse con el suyo, manglares en el cieno. Era casi como hacer algo antinatural, un desgarramiento atroz. Tenía la impresión de estar abandonando a un niño en una estación. Nada me afectaba más que sus ojos de anciano triste. Sin embargo, a través de todo aquel dolor, de aquella voluntad de destruir todo lo que había construido hasta entonces, me sentía enardecida, como diez años antes, cuando abandoné los estudios. Pensé en alquilar una furgoneta e irme al desierto a escribir, pero me daban miedo los asaltantes. Pensé en instalarme en una cabaña en lo alto de una montaña en China. Y entonces me acordé del hombre con el que había pasado la última noche en París. El hombre por el que había llorado al despegar.

* * *

Tras la ruptura con Jean, seguí pensando constantemente en Youssef. Necesitaba volver a París y verlo, aunque solo fuera para sacármelo de la cabeza. Le escribí para preguntarle si podía recibirme. Me contestó que la ciudad estaba magnífica en agosto y que le encantaría descubrírmela.

Cuando Youssef se despertó, mi billete de avión estaba en su bandeja de entrada. Un vuelo Montreal-París sin vuelta que aterrizaba a la mañana siguiente. Guardé todas mis cosas en unas cajas de cartón que amontoné contra la pared de mi despacho. Cogí mi maleta más grande y la llené solo a medias para tener la posibilidad de desprenderme de todo y salir por pies si descubría que Youssef era peligroso.

Sin embargo, enseguida me di cuenta de que no tenía nada que temer. Youssef practicaba el budismo, leía a Virginie Despentes y se desgañitaba cantando temas de Patti Smith en la ducha. Los días se nos iban besándonos en las terrazas, y las noches, en el teatro y en la ópera, viendo personajes en leotardos destruirse unos a otros y consumirse en agonía. Era tan hermoso. La vida era tan bella como aquellas tragedias, hacía el mismo daño, y me gustaba tal como era.

El amor de Youssef era igual de liviano que un vestido de seda en verano. Y París en agosto era tan bonito como me había prometido.

* * *

Hacía dos semanas que había llegado cuando Youssef me pidió matrimonio. Al cabo de un mes, de vuelta de una fiesta en la que habíamos bebido, mientras hacíamos el amor, me hizo la misma pregunta que ya me había hecho en la terraza aquel primer día: si quería tener un hijo. Me prometió que seríamos felices juntos y que él cambiaría pañales. Mi pulsión de vida era tal que le dije que sí. Al día siguiente dejé los anticonceptivos.

Hasta entonces nunca había querido ser madre porque valoraba demasiado mi libertad. Sin embargo, la palabra «libertad» había perdido todo su sentido. De todos modos nunca podría retenerla entre mis manos, poseerla. Ahora la concebía únicamente como una sensación ilusoria y fugaz que dejaba un regusto a muerte en el paladar. Un monstruo eternamente hambriento al que debíamos sacrificarlo todo, para el que debíamos aislarnos del mundo y que se alimentaba de cuerpos infantiles. Me aposté conmigo misma que, si salía del desierto, si aceptaba la vida con todas sus limitaciones y toda su belleza, la libertad sería un pájaro que vendría a visitarme de vez en cuando.

Lloré cuando descubrí que estaba embarazada. Youssef creyó identificar lágrimas de alegría, pero en realidad yo había cambiado de idea. Le dije que en cuanto diera a luz le dejaría al bebé y me iría. Él estuvo de acuerdo, y se mostró muy sincero y confiado en la felicidad que lo aguardaba, con o sin mí.

—Habrá tal armonía entre los dos, seremos tan felices, que querrás formar parte de esa dicha.

Y así fue como se esfumaron todas mis angustias. Yo quería llamarlo Thor, como mi abuelo. Un nombre potente y sencillo. Pura sonoridad. Pero al revelarlo me respondieron tantas veces «¡No está mal!», que entendí que en Francia sería imposible.* Quizá también debiera dejar a aquel niño al margen de semejante estirpe de locos. Pero no me venía la inspiración. ¿Cómo escoger un nombre para alguien que no conocía? Youssef me había hablado de su pasión por *Orfeo y Eurídice*, el ballet de

---

* En francés existe una palabra homófona de Thor, *tort*, que según el contexto y el uso puede significar «mal», «error», «agravio», «culpa», y un largo etcétera de acepciones no demasiado positivas. (*N. de la T.*).

Pina Bausch, que había visto varias veces. Un día, conversando con una amiga que le confiaba su terrible mal de amores con un chico llamado Orphée, cayó en la cuenta de que un niño podía llevar aquel nombre sublime. Y desde entonces no lo había olvidado.

Durante el embarazo, los médicos me obligaron a someterme a toda una batería de pruebas para averiguar por qué el feto era tan grande. La obstetra soltó una carcajada cuando consultó el informe de la ecografía. Me preguntó cuánto había pesado yo al nacer. Le dije que no me pesaron en el barco, solo varios días más tarde, en el mercado, en la balanza de la fruta y la verdura. Unos cuatro kilos o así. Puso los ojos como platos y vi que dibujaba una equis en el formulario que tenía delante. «¿Y el padre?». Él también había nacido en casa, en Marruecos. Su madre se acuclilló y se lo sacó ella misma.

No me sentía embarazada, no tenía síntomas y me quedaba perpleja cada vez que alguien me cedía su asiento en el metro. Incluso en el octavo mes de gestación me preguntaba cómo hacía la gente para saberlo. El bebé que llevaba en mi vientre parecía tan perdido como yo, porque no se decidía a nacer. El día en que se decidió que iban a inducirme el parto estuve horas en la cama esperando a que ocurriera algo. El médico y las enfermeras se pasaban cada vez con más frecuencia por mi habitación.

—¿Cuándo empieza esto?

—Pero ¡si está usted dando a luz! ¿No siente nada?

Consternada, la enfermera daba toquecitos con los dedos al monitor, donde las líneas verdes que reflejaban las contracciones subían hasta lo alto de la pantalla, para asegurarse de que funcionaba bien. Todavía no me habían administrado morfina. El bebé no salía. Cuando se le aceleró el latido, empujaron la camilla a todo correr hasta el quirófano.

El desagüe estaba obstruido y mi sangre formaba un charco a sus pies. Youssef, que tiene fobia a la sangre, me agarraba la mano sin apartar sus ojos de los míos para no desmayarse. Oí que el médico exclamaba: «Pero ¿qué es esto?». El bebé había seguido bajando y donde todo el equipo médico esperaba que asomara la cabeza apareció un codo. Una inquietud palpable llenaba la sala, pero yo me sentía completamente relajada y lejos, agarrada a la certeza absoluta de que nada malo podía pasarme. De que estaba bendecida. De que había nacido bajo una buena estrella. De que era la persona más afortunada del mundo.

Por fin se produjo ese primer llanto indescriptible. Sentí que la tensión en el quirófano se disipaba, tras lo cual se oyó una risa incrédula detrás de la cortina. Una enfermera espetó: «¡Este niño es un Thor!». Era enorme. Y extremadamente tranquilo. Parecía Buda. Estaba todo blanco y amoratado, recubierto de un polvillo blanco. Sus ojos se dirigían al alveolo luminoso de la mesa de operaciones.

Me lo pusieron encima y captó mi rostro. Contemplé a aquella criatura diminuta que acababa de pasar de un mundo a otro. Qué lástima me daba haberlo sacado del sueño en el que flotaba hasta ese momento. Lo llamamos Orphée. Solo después de su nacimiento investigamos realmente lo que significa ese nombre. El que regresa del mundo de los muertos. Aquel cuya voz es tan sublime que salva a los navegantes del canto de las sirenas.

* * *

Desde la playa donde nuestro padre construyó el barco en el que tú y yo nacimos se ve en mar abierto la isla donde te vieron por última vez.

Para llegar hasta allí, el mar es bravío. Me agarré con las dos manos a la baranda de la cubierta de popa mirando fijamente las aguas, recibiendo los latigazos de la lluvia, zarandeada por la marejada y los vientos contrarios. Las náuseas se adueñaban de mí. A través de la bruma, la silueta de la isla del Gran Condestable se recortaba cada vez con más nitidez. Una llanura negra en el centro de la cual se alzaba una forma rocosa, potente e inmutable. Tenía la sensación de deslizarme hacia una fuerza inquietante e impenetrable. Millares de aves marinas viven allí en colonias, circundando la isla igual que un enjambre de moscas. Allí fue donde se te perdió la pista.

Vieron un barco tratando de remontar los vientos a lo largo de sus costas, tomando la ruta más complicada, la más peligrosa. Parecía buscar un refugio. La isla, reservada a las aves marinas, está vetada para el hombre. Al ver aquel barco de madera destartalado con una vela blanca que trabajosamente trataba de remontar la corriente, los guardias tomaron fotos y dejaron constancia de tu presencia. Llegar hasta allí era ya un milagro. Me dijeron que estabas condenado a hundirte. Pero ¿cómo no esperar que hubieras llegado a tierra, si habías sido capaz de semejante hazaña?

Me habían descrito el estruendo infernal de los chillidos de las aves, cuyos clamores maléficos se oían en leguas a la redonda. Sin embargo, el día que yo fondeé estaban calladas. Solo percibía el rumor de la vibración de las hierbas altas combinado con el del viento, hueco y remoto. Había llovido. Yo procuraba no resbalar con las piedras negras y relucientes de las que emanaba un perfume terroso. Las aves más jóvenes, si bien ya colosales, con el plumaje embotado por la lluvia, se quedaban inmovilizadas en tierra firme. Pesaban demasiado para alzar el vuelo y no les quedaba más remedio que acecharme con sus ojos protuberantes, cabezas blancas sobre cuerpos negros. Estiraban el cuello en mi dirección y abrían sus picos inmensos y poderosos que chasqueaban con un ruido sordo de carraca, una amenaza, una advertencia. Las guardianas del mundo de los muertos, mientras yo avanzaba entre ellas en pos del horizonte donde te habías disuelto diez años antes.

La luz, suspendida en la humedad, parecía refractarse hasta el infinito. La isla se había arrebujado en una muselina diáfana en la que el cielo y el mar, vibrantes de luz, se entrelazaban una y otra vez en una blancura deslumbrante. En una nada inmaculada, calma, insondable. A esa nada te entregaste.

He vuelto a soñar contigo. Te disponías a partir. Estábamos en un apartamento desconocido. Al principio reptabas para no hacer ruido. Pretendías marcharte en secreto. Yo te seguía. Caminaba detrás de tu silueta, tan amada. Parecías feliz. Quería decirte que me daba miedo verte marchar, que no regresaras. Albergaba la esperanza de salvarte, bastaba con decirte unas palabras: «¡Por favor, quédate!». Albergaba la esperanza de que me salvaras pronunciando tú también un puñado de palabras igual de sencillas, gracias a las cuales dejaría de buscarte. Sin embargo, antes de poder decírtelas y oír tu respuesta, Orphée me despertó. Era muy temprano. Yo tenía los ojos cerrados.

Tardé un momento en salir del letargo. Pude retener aún unos segundos tu silueta, que seguía avanzando. Pero estabas ya muy lejos para oírme.

—¿Ya es de día, mamá? ¿Es de día?

—Sí, vida mía, ya es de día. Vamos, arriba.

Deseaba tanto pedirte que no te fueras.

Deseaba tanto cubrir tu cuerpo de flores. Aguardo el día en el que dejaré de esperarte, sin saber si ese día llegará. No quiero decirte adiós. Todavía no.

* * *

Recorrí los arrecifes con la esperanza de encontrar algo del barco en el fondo de las grietas más profundas. Un pedazo de madera petrificada con un remache. ¿Era del Artémis? Unos cangrejillos azules salían corriendo con cada uno de mis pasos. Anduve a lo largo del camino que había recorrido mi hermano. Un camino bordeado de cactus gigantes entre los que se colaba un viento denso y potente. Parecía el escenario del origen del mundo, o tal vez del apocalipsis. En el horizonte había una casa pequeña, roja y blanca.

Cuando llegué al portillo, tres hombres conversaban alrededor de una mesa de plástico blanco y uno de ellos se levantó nada más verme, despacio y desconcertado. Nunca recibían visitas. Un anciano negro con gorra y camisa blanca. Cuando di mi nombre y le pregunté si Thomas se había refugiado en su casa treinta años antes, se detuvo en seco y se puso muy pálido. Parecía petrificado. Los otros dos hombres se levantaron a la vez. En el momento de mi llegada él les estaba narrando aquella mañana en que descubrieron a mi hermano desnudo y ensangrentado delante del portillo, en el mismo sitio donde yo me encontraba en aquel instante. Hablamos un poco. Me mostró la silla donde lo sentó. «Estaba tranquilo, extremadamente tranquilo». Lloré de alivio por que Thomas hubiese dado con un hombre así. Me guio hacia la viga en la que había clavado la sandalia de mi padre y la de mi hermana. Las había puesto allí para honrarlas y para vivir con ellos. Pero lo que sentí fue espanto; aquellas sandalias me remitían a los cuerpos ahorcados frente al mar en la costa brasileña.

Cuánto lamento, Carmen, ser incapaz de contarle al mundo quién eres. Hacer un retrato tuyo tan impreciso e imperfecto. De ti solo queda la imagen evanescente de una niña pequeña. ¿Cómo esbozar el retrato de alguien con una vida tan corta y que no tuvo la opción de decidir nada?

En Bonaire, en los arrecifes, hallaron ese bolsito de terciopelo rojo con flores bordadas que tanto te gustaba. De ti solo quedan anécdotas desordenadas. ¿Qué sentido tiene decirte ahora que hay gente que se acuerda de ti? ¿Qué sentido tiene decirte que la mujer a la que tú llamabas mamá vibra aún de amor por ti? ¿Que la mujer a la que tú llamabas mamá arde presa de un dolor eterno y animal por haberte perdido? ¿Que desde hace treinta años tiene la misma pesadilla, una en la que contempla ese barco que se aleja y a ti desapareciendo en el horizonte?

En Bonaire compré un ramo de flores en el supermercado. Flores amarillas y naranjas. Me puse un vestido y un cárdigan negros a pesar del sol que caía a plomo. El cementerio estaba cubierto de mala hierba. Oía a unos percusionistas ensayando para un desfile y el tintineo de los cencerros de las cabras, que me seguían sin quitar ojo a las flores. Solo había personas fallecidas hacía mucho tiempo. Apoyé la cabeza en vuestras lápidas, esperando pasar a través de ellas. Estabais allí.

Por fin os encontraba. Yo que os había buscado en todos los mares, mi alma errante y turbulenta. Todo ese tiempo estabais allí. Tal vez yo buscara algo tan sencillo como vuestros cuerpos. Era difícil marcharme. Sabía que nunca más regresaría. Que sería la última vez que estuviera cerca de vosotros.

Adiós, Carmen. Adiós, papá.

Este libro terminó
de imprimirse
en Madrid
en marzo de 2025